# 井川博年詩集

*Ikawa Hirotoshi*

Shichosha
現代詩文庫
170

Gendaishi Bunko

JN296724

思潮社

現代詩文庫　170　井川博年・目次

作品論・詩人論



装幀・芦澤泰偉

# 詩篇

詩集〈見捨てたもの〉から

## 見捨てたもの

見捨てたものよ　さようなら
四匹の犬を　四人の男を　四枚の新聞を
たった一つの死のこわさを
ぼくは見捨てた　歩きながら

ぼくは走った　口笛吹いて
おぼろな虹の橋の下
二人の少女が待つ街角へ
昼は明るく　ぼくは好きだ

ぼくは飛んだ　笑いながら
季節の果実が実っている
あの明るい空の招待
そこにはなにもないけれど
ぼくには涙も出ないのだ

犬も飼わず　本も読まず
ぼくはといえば
地図も知らず
ただ　動きまわることばかり

見捨てたことで強くなろう
四人の不幸と
四匹の死と
四枚の破れが
優しい母親を泣かせても
おろかな本を開いてはならない

みんなと別れて電車に乗り
みんなにあてた手紙を持って
ぼくはちょっぴり悲しくなる
昼は明るく　ぼくは好きだ

## ぼくの生れ

ぼくはまだ生れない
鯛やひらめの死の影がゆれる日
魚市場に
車を押してお母さんがやってくる
あのひとも知らない

ぼくはまだ生れない
船が見えない水死人を探している日
港で
計算を終えたお父さんが
お酒を飲んでいる
あのひとも知らない

それから時間がたつ
ぼくの生れる前からみたら
ほんの短い時間
お父さんがお母さんを
始めて知るまでは――

コオロギや蟬が
土の中に死んで眠る月
お母さんはぼくの夢を見る
お父さんはもう知らない
さかさになって　けっとばし
ぼくはお母さんが泣くのを
聞いている

## 発見

ぼくの知らない道ではないけれど
一年前には歩いたこともなかった
夕暮の樹々の下の
帰り道

知らない家

始めて見る樹々はないけれど
どこかに昔なじみがかくされている
虫や鳥が死んだり生きたり
するのをつけてあるノート
犬の振るしっぽの
面白さのようなものが――

夕暮の樹々の下を通って
ぼくはそれらをだんだん発見してゆく
子供のように何回も
何回も通って

## 渋谷・北谷町

都会でなにをしているのか
ぼくのことを知りたいと思っている人たちに
本当のことを書ける
というのか

半年前から決っていたように
ガラスに傷つき　鼻血を流し
犬も連れずに歩いている
失業者のぼくが――

失業者のぼくが
二本の手をひろげても
なにも抱くものはない
それでもぼくは一年前には
たった一人のひとでも抱くことが出来た
二年前にはぼくは
故郷をとりまくあらゆるものを抱いていたのだ
一年はたち　そして二年
進水をして艤装を終えて
船が出てゆくように
ぼくもペンキを塗った最後の船と
仕事とに　手を振ったまま
別れてしまったのだ

ぼくは幸福と不幸の数をかぞえる
昨日から降り続いて今日も雨の
渋谷・北谷町で
地上で
たった一人のひとの名前と
ぼくが並ぶ列の幾千名もの名前と
うつむいた顔と　長い髪を持った顔を
雨の中で
雨の中でなくても
仕事のように　ぼくは数える

来てはいけなかったひとのように

来てはいけなかったひとのように
ぼくは背中を向けてしまったのだ
橋のたもとの小さな扉
その明りに
明日からの仕事　昨日までの日々に
ぼくの生れた日々に

来てはいけなかったひとのようだと
ぼくはなぜ思うのか
たかがそれは
新しい仕事を探すために
なんにちもなんにちも歩きまわり
やっと探した末がまたもや駄目だった
ただ　そんなことだけではないか
橋のたもとの小さな扉の中で
全身でいやいやをする
子供のように　ぼくは聞いたのだ
背の低い油ぎった社長の言葉
昔の言葉
いやな言葉を

来てはいけなかったひと
それはぼくではないはずだけれど
それはぼくの思い違いだけれど

ぼくはいつも来てはいけず
小さな子供たちが四、五人
走ってきてつくる
そんな小さな輪の中に
いるばかりなのだ

きみに！

半年と
仕事は持ったことがない
右を見たり　左を見たり
どこにいる時でも
こんなところにいるものか
と考えるのがくせになったおれは
怠け者で　あまのじゃくだ！

おれはその上いくじなし
郊外を走る　朝早いバスの中
海坊主がとめる
郊外の停留所に　バスを
きみは降りる　ぼくも降りる
きみ！
おれは詩人になんかならないからね
詩なんか書かないからね
それよりこんな悪い性質を
直す方がいいと思うよ
そうだろう　きみ

きみは聞かない　わからない
船の模型を持って
きみは家へ帰るだろう
帽子をきちんとかぶって
まだ小学生のくせに！

働らけ！　きみなんか！
十三才で　十五才で　十八才で
それからきみもおれのように

詩なんか書くんだ
悪い性質をいっぱい持つんだ
きみの帰る家を知らないように
わかるはずはないんだ
ぼくのことなんか
と思っても
駄目なんだ！

## 停車場で

停車場に行くと
田舎から来た汽車を降りて
ホームのあちらこちらに
かたまっている
中学生の集団！
てんでに勝手なカバンを持って
田舎の言葉でしゃべっている
その前を通ると

ぼくは胸が痛むんだ！

先輩のような顔
教師のような顔が
交互に笑いかけ
きみたち　田舎の言葉で
言葉少なに　答え　笑う
なんにも知らない小鳥が空を見て
いつか飛ぼう　いつか飛ぼう
と思った　その願いがかなったように——

楽しそうに
あるいは幾分の不安と期待で
きみたちは笑い　そして黙る
生れて初めて都会に来て
そこでこれから働らこうという
きみたちの
いま笑っている内の幾人が
一年後　二年後　三年後にも

この停車場で笑っているか
ぼくも
きみたちのうちの誰一人も
それを知るまい

だが汽車は去っていった
きみたちは笑いながらホームを降りる
教師がみんなの名前を呼ぶ
その名前の呼ぶ方に
ぼくは見た
一人の少女を

みんな笑っている中で
みんなに合わせておずおず笑い
時折横を向いて
そこだけ明るいネオンサインや
華やかな車の流れ
高価な服装に身を飾った女の人を
見ている

たった一人の女の子
笑わない女の子を！

どうしてきみは笑わないの？
他のみんなは生れて初めて
働らくことに
笑いあっていけるのに
先輩や教師のいうことを
素直に聞けるのに
きみはどうして笑わないの？
きみはどうして
とぼくは聞きたい
きみはどうして
と咽喉もとまで言葉は出るのだが
ぼくはきくのをやめてしまった
それはぼくは知ってるからだ
きみが何故
中学校を出たばかりで
働らこうとしているかを！

きみと同じように
ぼくもまた
都会にあこがれ　華やかなものに
あこがれて
みんなと笑いあったりすることを
つまらないと思ったけれど
そして
今も思っているけれど
中学校を出たばかりのきみが
早くも　そう思ったりするなんて
一体　きみはこれから
何を楽しみにするのだろう

きみと同じように
ぼくもまた
ネオンサインや　美しい汽車を
ぼんやり見てはいるけれど
ぼくはきみに
なにもいうことは出来ないんだ

きみなんか
どうでもいいのだ
中学校しか出ていないきみなんか
さんざ苦しみ　働らき通し
ほんの少しのお金で着物を買い
同じように貧乏な男と結婚し
いじめられて絶望し
死んでしまおうと
何度も考えるのだ
きみなんか！

と
ぼくは突っ放したいのだが
何故だか
胸が痛むんだ
泣けてくるのだ
きみを見ると！

# 美しい人

美しい人よ
ぼくの心をときめかす人よ
どうしてあなたはこんなところに座っているのか
満員電車の唯中でおくれ毛をかきあげる
白い手袋に白い帽子
そのほっそりしたうなじ

美しい人よ
あなたはどうして
働らきに行こうと急ぐのか
人々の卑猥な視線の中で
なぜ　無邪気に笑ったりするのか
あなたはあなたにふさわしい風景の中に
そっと立たねばならないのに
あなたの望みがすべてかない
あなた自身の美しさが影を落す
緑の並木道　青い水平線

ぼくの心の貧しい風景の中に
そっと立たねばならないのに
そんな風景はどこにもないと
人々がいい
あなたもいうのなら
ぼくが一人で探しに出掛けるのに

美しい人よ
ぼくの心をときめかす人よ
あなたはここを去らねばならない
二度とここへ来てはいけない
あなたの美しさを人々に知らせるために
そうして遠い風景の中へ去らねばならない
遠い風景の中
優しい心の呼ぶ中へ

## 並木の雨

小雨の降る街を歩いていると
不意に
レコード屋の店先から
聞きなれた
「並木の雨」のメロディが流れてきた
黙って通りすぎる人々の胸に
ぼくの胸に
しみとおるように
誰がこんなレコードをかけるのか

レコード屋の少女よ
あなたか
ぼくに呼びかけるのは
ぼくは誰かを待っているのではない
たった一人で街を歩き
疲れると家へ帰って眠るばかり
それなのに

〈あなたを待つ胸に降る……〉
とうたうのは
どこかにころがっているぼくの運命か

〈いつの日にかまた会いみん〉
レコードを通して女性歌手が
かすれた声でぼくにささやく
誰に
ぼくの望む女にか？
それとも逆さに吊りさげられる運命にか？
〈いつの日にかまた会いみん〉
蝙蝠傘の列の中で
ぼくは目を閉じる
するとそこもまた小雨の降る街
並木に雨が降り
静かに雨が降り……

（『見捨てたもの』一九六二年思潮社刊）

詩集〈深夜放送〉全篇

## 深夜放送

風の音に目を覚まし
ひとり聞く深夜放送。
ラジオから流れるのは
優しい外国の歌。
口笛が聞え、波の音がする。
波は高まり
海の果てに消える。
悲しくなり
僕は傍らの女を揺り起す、
まだ半分夢の中の女は
薄目を開けて僕を見る。
なんでもないさ、ほんのちょっとしたこと、
女の胸に手をあてて
目を見つめ、髪をなでれば、
安心して女は再び眠る。
枕に顔を押しあてて、僕は泣く、
いま別れてきたかのように——。

## 部屋

夜の闇が入ってくる。
果物の酸えた匂いと
安物の煙草の煙りに満ちた
狭く貧しい僕の部屋へ。
昼間あんなにしゃべったことが、
とり返しのきかないあやまちだったような
大きな沈黙。
仮面にかこまれたアンソールの自画像と、
しおれた薔薇の花瓶の前、
読みっぱなしの雑誌を窓から放り投げ
本棚からロートレアモンをとり出して読む。
豊かな気持になんかなれっこない

壁のしみ、紙の破れ
どんなところに住んでみても
僕の部屋はいつも同じだ。
たまらなくなり
ウィスキーを飲み
それから外へ飛び出す、
まだ開けている飲み屋を探し
一杯ひっかけるために。

## くらげ

船の灯が水に揺れていた。
空では星が流れていた。
夜の海面を白く流れる
くらげに魅せられて、
いつまでも立ち去れなかった。
次に夜光虫が現われる
そのほんのわずかな輝きを
見るために
僕はいた。
このなにかも不明の暗黒の地上に
感喜にうちふるえて。

## 花の一日

花壇の花に
水をそそいだ。
大きなブリキのじょうごで——。
枯れた花があったので、ひっこぬいた。
風が花をゆすり
水はのぼっていった。静かに
ヒヤシンスやカーネーションの中を——。
それから、ピアノの前にすわり
でたらめな曲をひいた。
プールへ行き
誰もいない水の中へ飛びこんだ。

花々はよみがえり
向日葵は、太陽と共にまわった——。
その夜は遅くまで眠れず
浅い夢がやってきた。
花を次々に咲かせ
散らしていた。

## 回転する事件

階段を登りつめたが
おれにはなにもしなかった。
そこでおれはノッブに手をかけ
入っていいかとたずねたのだ。
幾千の鳩が飛び立つ
そのたった一つのイメージだけでも、
おれは狭い部屋の中で充分幸福にすごしてゆくだろう。
赤眼のただれた奴等にはなにも告げるな
どうせ奴等は失くした片腕を見つけ出そうと
部屋をひっかきまわすのにけんめいで、
とうていわめきはしないだろう。
食事の時にまちがって
暗黒街の殺人事件をひっくり返し、
弁護士は砂糖の生産高を電話で調べる
そんな時間を体験したら、
すぐさまプラネタリウムへオートバイを飛ばせ。
三百六十五日の夜の中から
たった一つ、
縮んだシャツの夜の十二時頃
酔って鳩を食べたおれも
食事の時にまちがった弁護士も、
なにが始まり、終る、か
まわりを見わたしても知りはしない。
鳩が飛び立ち砂糖が売れる時は
こうした事件を警戒しなければならない。
その時にはすぐさま
オートバイに乗り広場をよぎり、
階段をのぼりノッブに手をかけ

入っていいかとたずねるのだ。

## 夕陽のバラード

ほらっ。太陽が。射たれて穴があいた。金貨みたいに。吹っとんだ。血だらけの。おれの顔。こころ。吹きぬける。夜の風。

暗くなる。すなわち夜。鐘が鳴り。大通りには。マシンガンかかえて。殺し屋が。アイ・アム・ギャング。おれは待ち伏せ。つかまえて。台尻でぶんなぐり。じっくりと奴を吐かせ。死体はそこらに。けっとばしておく。赤い水がじゃあじゃあ流れ。流れ流れてゆくはては。おれもいくんだ。ギターかかえて。夕陽の中を。おれの孤独は。深いなあ。

## 埋葬のバラード

また現れた。黒い点。通りの向うを。いったりきたり。三つ四つのろくでなし。水飲み場に銃をもたせて。おれは次々にねらい打った。奴等は吹っ飛び。くるくるまわり。身体を弓なりにそらせて。ひっくり返る。一人。残っている奴には。首に縄をかけてぶらさげた。そいつはぶらぶら揺れ。ワッハッハッ。おれは心底から笑ったよ。墓掘りめ。さっさとやれ。どうも最近。知事《シェリフ》がかわってからいうことがおかしいぜ。なにが。民主主義だ。

次は酒場でウィスキー。鏡に写ったおれの顔は。耳が一つちぎれてる。表へ出たらとたんに太陽がピカリ。ホワット？ なにがなんだかわからない。今度はやられて。おれの番。みじめに地べたをはっている。腸はちぎれて。気が狂いそう。ああ。こいつが死だぞ。だとしたら。強烈だぜ。

## 古譚詩

木の上で鳥が羽ばたきをする。
それを見守る心が
木の下でかすかにふるえる。
鳥が木から飛び立つと
そこは丘の上、
下って行けば
村は近い。
小川にさざなみがたち
軒には桃の花。
十年一刻
屋根に気狂い
部屋に首吊り
川には溺死人
心は闇だ。

## 二月

二月
風吹き
路上凍り
広場で
少年が犬と
サッカーをしている。真夜中。
ボールは蹴られ、宙に飛び
白と黒のまだらな線を描く——。
サッカーはイギリスで生れ
始めは人間の首を蹴ったそうだ。
いま、銀行の常夜灯の中で
髪は乱れ、歯は折れ、
血が水たまりのように点々と
輝いている
それを、
眼を光らせて
おでん屋の親爺が

じっと見ている。

## 四月二十八日の夢

おれが夢を見ていると
お前は犬の影になり、見るまに
夢の中へ入っていった。
犬殺しの夢から覚めたその日
おれが寄り道をしてデパートへ入っていくと、
お前は看守の制服を着て、万引きを捕えて
なぐりつけていた。
で、おれが見るまに夢の中へ入ってゆき
警察の長い廊下を歩いていくと、
お前は中に空の弁当が入ったカバンをかかえて
バスに乗って家へ帰る途中だった。
おれが帰ってベッドの中で疲れ果てて足を伸ばし
昨日の天井を食べていると、
お前はあくまでも自供をこばむ犯罪者として
暗い留置場の壁に何かしきりに釘で書いていた。

——誤謬のない夢はない。

## 風の切れ味

闇の中を、
風が通りすぎると
仲間の一人がまた倒される。
立っていた看板もやられ、
隠れていたゴミも吹っ飛ばされる。
見張りに立てた
風見の鶏は、
悲鳴をあげて逃げまどう。
どんなもんだい、
この切れ味は！
胸もただのひと突きさ。
と、

サイレンに似せて
風がうそぶく。

## 庭での食事

さあ、みんなで、
椅子を持ち出して
庭へ出て
めしを食おう。
風は暖かいし、なにしろ
日当りがいいいんだ。
こわがらなくてもいい
庖丁がピカピカしているが
腹をえぐられるのは魚の方だ。
鎖が置いてあるからといって
犬がいるからなんだ。
煙りがあがっているけれど
あれは隣り村での祭りの合図——。

なべを真赤に焼いて
ありとあらゆるものを入れて
ごちゃごちゃに混ぜると、
これが我家の特選料理。
きみらのふるえ顔を見て
俳句を一句思い出した。
「広島や卵食う時口ひらく」西東三鬼

(『深夜放送』一九七〇年私家版)

詩集〈花屋の花 鳥屋の鳥〉全篇

## テレビの輝き

映画の終りは不思議に静かで
暗い夜を背景に
遠く車のライトがよぎるアパートメント。
ひとりの若くない外国の女が
会社の残業を終えておそく帰り
ベッドに腰かけて
テレビを見ながらカクテルを飲む。
疲れたのでそのまま眠ってしまい夢を見る
(夢はまだ会社のつづき………
　動きつづけるタイプライター)
そのかたわらのテーブルの上で
放送時間をすぎたテレビが
煌煌《こうこう》と白く光り輝いている。
まるでそれだけが別の宇宙の金属のように、
自らの運命を映して見せる
あの昔の魔法の水晶玉のように、
煌煌《こうこう》と白く光り輝く、
たゆとう夢のなかで
男も女もなくて
しかし女だけの哀しみが
空気にまじる香水のように淡くただよっている
狭い部屋のなかで――。

## 靴の先

死ぬ直前
ベッドの横で泣いている妻に
夫は笑顔でこういったという
なんとかなるさ
人生はきっとなんとかなるものさ………
そしてほんとうに
人生はなんとかなるものよ

と笑顔で
小さなバーのマダムはいった。
丸い高い椅子の上で飲んでいると
酔いは早くまわるのか
その時ぼくは急に
確実な地面が欲しくなり
足をのばし　靴の先で
床をそっとさわってみたのだ。

## 父

十二月の雪のふる朝。山の村の崖下に、ころがり落ちた車の中で、若い父は、顔を血だらけにして死んでいた。

その死体によりそって、三つの子供が眠っていたが、捜索にきた一人が見つけてゆり起こすと、

「おとう、死んじゃった」と泣きだした。


病院に連れてゆく道すがら母が尋ねると、三つの子は、とぎれとぎれにその夜のことを話した。

……おとうが倒れていた。車の中にいたらまっくらいなかを、おとうがはってやってきた。おしっこにいきたい、といったら、いきな、といった。おしっこをしてから、おとうのそばで寝た。

そこまで聞くと若い母は、子供の手を握ったまま泣きだした。

## 夜は美し

「夜は美し」
駅の裏の酒の立飲みスタンドで
片手片足の白衣の男が叫んでいた。
「無限に美し」
白衣の男は酒を飲んであたりを
馬鹿にしたような眼でにらみつけ
また叫んだ。
――インチキですよあれは、

あの若さでは戦争なんかいったことはない。
あれはきっと交通事故ですよ、それなのに
戦争にいったなんてことにして……
男が酔って出てゆくと　誰かがそういった。
松葉杖をついて　男は階段をのぼっていった。
頭上には巨大な赤い満月
そして消えもいりげなかぼそい星の光
「夜は美し」
「無限に美し」

## 雪の大山

山は麓まで雪につつまれ
朝のひかりをあびて一面に輝きをましている
稜線の一つ一つに陰影がつき
麓の木の一本一本までが見分けられる
頂きを煙のように雲が横切る
「今日の大山《だいせん》はまた一段といいですな……」

伯備線《はくびせん》の乗客が口々に山の話をし始める
ぼくは年をとり病んでいる父のことを思う
寝床のなかの
細くなった手となつかしげな眼のまたたきを思う
いっしんに山を見つづける
山を見ることでひとの世を忘れんと思う
汽車の窓が湯気でくもると
指で大きく山の線を描く
その線をすかしてまた山を見る。

## フルートを吹くひと

そのひとは
顔を少し前かがみにして
薄い茶色の髪を長くたらし
眼で楽譜を追いながら
いっしんにフルートを吹いていた。
唇が楽器に当ると音にかわり

離れると音はやんだ
唇から息がでているのが見えるようだった。
金属の肌ざわりと
氷の匂いがあった。
冷たい空気はかすかに振動しながら
煙草のけむりのたちこめたなかを
ゆっくりと流れていた。

かなしみにひたりたくてそこにいたのだが
かなしみなどどうでもいいのだった
かなしみなどないも同然だった
地下のビアホール
終るとそのひとは
静かに椅子から離れ
飲んだり食べたり話したりしている客に一礼し
楽器を片付けてでていった。

## 花と新聞

そのことを知った時
彼女は一日中泣いてばかりいた。
両親や友人や医者や看護婦が
ひっきりなしにやってきてなぐさめても
一日中泣いてばかりいた。
あまり泣きすぎたので眼はただれ
ひらきっぱなしになった瞳孔から
涙がとめどもなくあふれた。
涙を受けると
枕もといっぱいに
置かれた花の匂いが強くなった。
次の日その次の日と
花の匂いはしだいに強まり
ついには廊下まで匂っていった。
——ある朝
枯れた花がとりかえられているのを知って
彼女はいった。

「新聞を見たい
　わたしが生れてから今日迄の全部の新聞を見たい」

## 五月のインコ

あっ
あんなところにインコがいる、
という子供の声に
指さす方を見ると、
屋根の上
桐の木の枝に近い電線に
雀の群れにまじって
なるほど
インコの黄色い羽が見えた。
新しく転校してきた
柄《がら》の大きい外国人の小学生のように
胸をふくらませ元気いっぱい、
この国で卵から生れ育った飼鳥《かいどり》は
灰色と薄緑色の空を背景に
それでもじょうずに
皆と一緒に飛んでいた。

## 窓

　散歩の途中で気付いたのだ。

いつもは閉じられカーテンのかかっている窓か、天気が良いせいかその日は開いていた。その木の多い洋館の二階の窓から、ピカッと光りが反射したのだ。窓辺に針が置いてあって、それに光りが反射したのだ。とっさに私はそう思った。危険な感じだった。なにかこちらに突きささってくるような光りだった。

　――あとで聞いた話では、光りは寝たきりの女の病人が、ベッドでお化粧しているコンパクトの反射だった。針に反射する訳がなかったし、針を窓辺に置く訳もなかった。

## 標本室の少女

身体検査のたびごとに
理科の標本室へ忍びこむ少女がいた。
どこに行ったのかとみんなが気にもとめず
検査を受けているあいだ
少女は人体模型を撫でながら
医学書や科学書の背文字を見ていた。
それが終るとつまらなさそうに
そっと室をでて
だれもいなくなった検査室にゆくのである。
次の授業時間中
少女は眼を輝かし
ひどく積極的にしゃべるのだが。

## 空の孤独

――映画「さすらいの大空」を見て

ロディオ大会を思わせる色とりどりに飾られた
会場のまっただなかの小さな空地へ
スカイダイバーは落ちていった。
足に結んだ発煙筒から黄色い煙りをふきあげ
最後まで開かなかったパラシュートを背負って
まるで水中に飛びこむように――。

息をのんで立ちすくんだ相棒が
ホテルへ帰って女にいった。
――倒れているのに、立ちあがりかけたように思えた。
こちらを見てなにかいっているようだった。
魔法の言葉があれば通じたのだ
魔法の言葉を
あの時ほど真実欲しいと思ったことがない。

男が女に逃げられ、ひとりになって

花火のとどろく町を去ってゆくラストシーンも
さびしいが
ぼくには
すいこまれるような青一色の空を
ひたむきに落ちていった
スカイダイバーの方がさびしかった。
上空ではどれだけの風が吹き
空がどれだけ深いものか
画面ではわかりはしなかったが、
空の深さを、そのとき
孤独の深さにかえ
空に孤独を与えなければならないものが自分のうちにあ
り
それはちょうど映画の青い画面と
映画館の外の夜の青空とが
釣り合っているようなものであった。

## 花屋の花　鳥屋の鳥

ある日、少女が会社の面接にやってきた。ヨーロッパで暮そうと思ってフランス語を少し習い、英会話も習った、と彼女はいった。安物のハンドバッグと白い薄いカーディガンとともに、フランス語の辞書をかかえていた。学校へ三つも通っていた。

どこにいっても、やりたい仕事をやらせてもらえないのだ、と彼女はいった。デザインを少しやりたいのだしせかせかとしゃべった。会社はもう四つも移っていた。少し仕事を覚えたら自分でなにかやりたい、といった。私が、いまはそういう仕事はなく、求めているのは別種の仕事であるむねをつげ顔を見ると、彼女は初めて黙った。じっと顔を見つめていると、眼の光りが強くなってくるのがわかった——彼女はみつくちだった。

きまずい沈黙がつづいたあと、お茶をひとくち飲むと彼女は立ちあがった。無雑作に組んでいた脚をほどくと、ものもいわず私の前を横切りドアの方へ向った。その彼女の脚は、かつて私が見た女性の中でのもっとも美しい脚であった。

次の日、電話で彼女がいってきた。勤めることはやめにしました。理由はおわかりでしょう。見ることは悪なのか。私は彼女の履歴書を破いた。名前も忘れた。

別の日。私は新宿の通りに面した八百屋の店頭で、街路樹の根もとに大きなポリバケツが置かれ、その中でアヒルが泳いでいるのを見た。アヒルは大きな声で鳴いていた。泳ぎあきると横のカゴに入り羽をふるわせるのだった。羽を切られ犬のようにひもでくくられていた。小さな黒い瞳が私を見て鳴いていた。それはかつて私が見たもっとも美しい瞳のひとつであった。

今日。夾竹桃の花の向うの夜空に、子供が上げる花火が開く。この世でいちばん美しいものは。


花屋の花。鳥屋の鳥。

## 風にゆれる樹

三本の銀杏の樹は、高架の駅のホームから線路をへだてた三角形の空地に、隣りの五階建てのビルと同じ高さに、きちんと整列していた。

風が吹くとそれは、さわさわさわと音をたてて鳴った。そのたびに彼は、ああまた今日も樹が風にゆれている、と思うのだった。

通勤の途中、朝となく夕となく彼は樹を見ることにしていた。それはそこにたっているというだけで充分満足させてくれた。

風の強いある日、鴉が一羽一番上の梢にとまり、風の向きによって右に左に振り子のようにゆれていた。次の日見ると、同じところに白いビニールがお化けのようにひっかかってゆれていた。

春の朝。そのホームから人が落ちた。霧がかかって見透しの悪い日だった。時間帯と降り口の位置の関係で、その時ホームに人影はなく、彼の前には一人だけ若い女性の後ろ姿があったが、それが突然ホームの向う側に消えた。「あっ」と息をのんでかけよると、眼の下の線路にかぶさるように、女の髪とスカートがひろがっていた。花のようにくずれるという比喩がぴったりの倒れ方で、気を失っているらしくぴくりとも動かないのだった。なにか信じられぬような思いであった。ふらふらという倒れ方ではなく、忽然と姿が消えたのである。

ホームと線路の間の溝に、ハンドバッグが落ちて水に濡れていた。赤い色が眼にしみた。彼はあわてて階段を降りて改札口へ走った。すぐベルは鳴り、ホームのはるか向うから近づきつつあった電車の止る音がした。

唐突に次の句が思い出され、この他人の句は激しく彼の胸を打った。

「流星や轢かれれば死ぬ汽車の音」
＊俳句は須知自塔氏作。新潮文庫「俳諧歳時記・夏」による。

## 人形

音のでるサンダルをはいて
幼な児は走りまわる
胸に大きな人形を抱いて
幼な児ははしゃぐ
人形が足をぶらつかせ
腹を押されて声をたてると
幼な児はよろこんで
空にむかってほうりなげる

人形は不思議なものである。気味が悪くすらある。それも古いもの程、そう思える。持ち主が死に、つぎつぎと人の手に渡り、大人から子供へ、子供から母へと伝わっても、ほほえみが変らないからだろうか。眼を開け、ほほえんでいる人形は、たとえそれがゴムのキューピーであろうとも、人間を形どるものとしての恐ろしい価値を持っているのだろう。

ぼくも古い博多人形をひとつ持っている。いまは手許になくて、祖父の家にあるが、人形は幼い楠木正行《くすのきまさつら》で、三十センチ角のガラスケースの小天地の中に、長絹《ちょうけん》と呼ばれる寛衣をまとい、手に手紙を持ち、幼童らしい可憐な口をかたく結び、はるか遠くをみやっている。後年、高師直《こうのもろなお》と戦い四条畷《しじょうなわて》に戦死する武将の面影よりも、王朝以来の匂うようなかぐわしさがただよう服装である。

　顔の一部が少し欠け、芯の上の部分が見える。全体に少し煤けているのがよけいに古い人形らしい。

　気のせいか、その人形はぼくの子供の頃に似ている。ぼくにも同じような服を着て写した写真があったような気がする。博多で写した写真館も、家も、戦火で焼けなにもかも失くなっているのに、どこかで写真を写した記憶があるのだ。

　服のひだのより具合を見ていると、それは兄の写真の中にあったような気もする。人形が子供のせいなのだろう。兄が同じようなかっこうでほほえんでいる。その兄は生後一年で、ぼくが生れるのと入れ違いに死んだ。

　一才で死んだ兄は、それでもいまだにぼくの兄で、この世界になにも残さなかった兄は、ひょっとしたらぼくになにかをゆずってくれたのかもしれない。

　日本海の潮風がまともに吹きつける山陰の海岸の、丘の上の墓地には、小さな小さな石が兄の思い出を伝えている。その横には、ぼくが愛していたダックスフンド種の犬の墓がある。いつか必要があって兄の墓を掘ったら、その小指のような骨と隣りの犬の骨とが、見分けもつかぬ程入れ混っていた。子供が犬を抱いているように。

　これも人形の話。

　ある夕焼けの美しい春の日のことだった。たまに行く歌舞伎座の裏のビーフシチューのうまい店に行くと、その日はまた妙に空いていて、すぐ入口に近い席に座れた。

　シチューが運ばれてくるまで、ずっと窓にもたれて雑誌を読んでいた。読みかけのところがあったので気付かなかったが、少し離れた所にいる人が誰かと話しているのが聞えたのである。それがひとりごとのように聞えたので、ふと眼をあげると、低いついたての向うに、品の良い奇麗な色に染め分けた洋服を着た白髪のおばあさんが、きちんと座り、その傍らの黒髪をおかっぱにした女の子に話しかけているのだった。

　驚いたことに、その女の子は人間ではなく大きな日本人形で、立たせてあるから人間の大きさに見えたのだ。

　とても人形と話しているようには見えず、そのおばあさんも平常と変らず、いきつけのひとと見えて、店員の誰もが普通の顔をしていた、と妻が帰ってきて話した。

人形を背なかにおぶらせ
かいまきを着せ
おぶりひもでしばると
幼な児はよろこんで
ねんねんころりとうたをうたう
遠い夕焼け空に向って
ねんねんころりとうたをうたうと
いつしか風もおさまって
人形はまた眼を閉じる

## 月の浦

旅の途中でバスから降りて
はるか夏雲の下の渚《なぎさ》を見ながら
休みをとった。
沖からよせる波が一線を形づくり
砂浜がキラキラ光るだけで
ひとひとりいない渚《なぎさ》、
バスが峠をのぼると
たちまち赤松の木の陰に消えた渚《なぎさ》。
宮城県・牡鹿《おじか》半島のなかほどにある
月の浦。
その汀《みぎわ》に玉石にはさまって
青いガラスのビンが波のゆりかえしにゆれている。
水の中でのガラスは青く
ビンの中の水はさらに青い水であった。
青い水は波の動きとともに出たり入ったりした。
友が死んだ次の年で
そのせいもあったのか

バスの眠りのなかで奇妙な夢を見たものだ。
ひごろはさほど親しくなかった友の
苦しみの極みの死顔を見た時
ふわふわと生きてきた自分が
ひどく恐しいものに思えたが
……
生々流転
つたない生の嘆きをうけて
岩もまた砕けんか。
ビンもまた砕けんか。

## 兄妹

乳母車の赤ん坊に顔をくっつけて
よちよち歩きの小さな兄は
なにか話してきかせていた。
ひとには良くわからない言葉で
頬をつねったりして
風に舞い落ちてくる「もくれん」の花片をひろって
赤ん坊に握らせて——。

木の橋を渡りながら
小学生の兄は妹を泣かせていた。
一歩ゆくたびに文句をいい
最後は頭をたたいた。
そのあとで兄は妹に教えていた
遠く水をもぐって消えまた水面に現われる
あれは「かいつぶり」だと——。

妹とならんで歩きながら
兄はいつか手をつながず
顔をまじかに見ることもない。
同じように息づく肩大きい眼
だが兄の字は右上り妹はまっすぐ
眼をつぶると母と同じ声
「どうして兄妹は結婚できないの」

## 石切場の石

自転車にのって
町のはずれの石切場へゆき
生れて始めて煙草を吸った。
煙草の持ち方がわからなくて
映画の主人公の真似をして
吸い終ったら気分が悪くなり
自転車もろともひっくり返り
尖った石で足を切った。
血をなめなめ
持っていた煙草をみんな捨て
夕暮れになりかかって
風が冷たくなった野道を帰った。
少年時の春の日の
あの石切場の石は
どんな石だったろうか。

## 冬の湖

母は生れつき足が不自由だった。
その母と船に乗ったことがある。

ふるさとは大きな湖に面した町で、その湖を横切って
定期船が対岸の町との間をかよっている。
小さい時なのではっきりしないが、なにかのお祭の日で
小さな客船は上甲板までひとでいっぱいだった。
戦争が終ってまもない頃でまだひとびとの気がたってい
た頃だった。
それは船が岸壁に着くか着かないかの時だった。
その時まで上甲板にいた数人の男がなにをあせったのか
われ先にと岸壁に飛びおりたのだ。
そのため船は大きく傾いて次の瞬間反対側に倒れ
悲鳴とともに三人程が水に落ちた。
たいへんなさわぎとなった。
そうなるといくら船員がどなってもだめで、
みんなはあわてて次々に岸壁に飛びおりていった。

船はそのたびに大きくゆれ、
ついには岸壁との間が一メートル程もあいてしまった。
ぼくもまっさきに飛びおりたくちだった。
飛びおりて始めて母に気づいたのだ。
母は手すりにしがみついてぼくの方を見ていた。
一メートルの巾でも母は飛べないのだった。
あきらめた哀しさにあふれた、おだやかな優しい眼だった。

帰りの船中、恥しさでいっぱいのぼくは
母がいくら呼んでも答えず、
よせてはくだける波がしらばかり見つめていた。
灰色の波が立った湖面にはその頃やっと
長い戦争が終って北の国から飛んできた白鳥が
何羽か浮んでいたのだが……。

## グラスホッパー

（……残念なことに、思い出の中にはしばしば虫が現われてくるのです）

ぼくは昆虫がきらいで、小さい時から草色をした小さな奴等がことに苦手なのだ。バッタとかイナゴとかカマキリとかは、見ただけでも恐怖をもよおす。黒い虫はさほどきらいでないのはどういう訳なのだろう？　ただひとつ例外的に好きだったのは、なんという名前だったか忘れてしまったが、（たぶん風船虫だ）夏になると飛んで、くる虫で、そいつを捕えて水を入れたコップの中に沈め、白い紙をちぎって入れてやると、そいつは紙をくわえては水面に上り、またもぐって一日あきない。ぼくは蒸し暑い夜、妹達と四十ワットの白色電燈の下で、その光景を眺めているのだ。

（一緒に座敷にあげていた犬も死んでしまったし、棚の上の水晶時計もこわれてあとかたもない）

だが、絶対に許せないのは草色の虫の一族だ。わけてもバッタときたら！　奴等は学校へ行く途中にも現われた。朝まだ早く、草に一面に夜露が残っている時、奴等は羽が濡れてうまく飛ぶことができず、太陽が昇るのをひたすら待っている。だからその頃捕えると面白い程とれる——そう兄に聞いた時、ぼくは奴等を絶滅させる恐るべきアイデアを思いついた。ホースを持ってゆき、野原一面に水をまき、しかるのちに死刑だ。

いまは秋。都会の郊外のこの家の近くでも虫が鳴く。(夜、音をたてて鳴くのは虫だけだ。他の動物は眠り、樹液は樹に満ち、岩石も沈黙しているというのに——)。こんなことを思い出したのも、バッタが英語ではグラスホッパーというのだと教わったからだ。とたんに不思議や、ぼくの頭の中で急に奴等は立派な雰囲気を持ち出し、堂々と飛び始め、ぼくは反対にバタバタと落着かなくなる。グラスホッパーは別な意味では、仕事を転々とする人間でもあるそうだ。するとぼくもあのいやな奴等の仲間か。そういえば、職業安定所の隣りの公園のベンチで、弁当をひろげてぼそぼそ話をしている失業者達は、みんなバッタみたいで、決って背広の前ボタンをはずし、新聞をひろげて求人欄を見ているのだ。そうして安っぽく気楽な会社があると、のそのそとやってゆき、そこで夢を食いつくすとまた飛んでゆく。口ばかりが発達した連中だ。同じように朝日が苦手で、太陽が昇る頃は目を覚ますこともできないのだ。大都会の谷間で、彼等はホップ・ステップ・ジャンプをくりかえす。ぼくも同じように飛んでいって、いまやっとひと休みしているところだ。ぶらんぶらん葉にしがみついて。

## かすみ草

それは確かに不思議であった。プラスチックで作られた普通の水道の蛇口の二十倍も大きな蛇口が、針金や糸で吊り下げられもせずに、一メートル程のガラスの手水鉢《ちょうずばち》のような池の真上にかかり、その口から水が滝のようにそそいでいるのだった。

蛇口にはパイプも電線もつながれていず、どこからその水が吸い上げられているのかもわからなかった。水は飛沫となってガラスの縁《ふち》に当り、周囲の子供達の服にはねた。「不思議な滝」と名付けられたその装置を、とりかこんで見ているのはしかし子供ばかりであった。駅に近いスーパーマーケットの入口に置かれてあるにもかかわらず、主婦達は買物に夢中でそれに目をとめるものさえまれだった。子供達にしても、とりかこんで見ていてもその装置がそれ以外になにもないと知ると、すぐ他に行ってしまうのだった。たいていはそれがどういう仕組みになっているのかもわからないままだった。不思議なものであった。世の中には妙なものを考える人間がいるものだと思った。

夕暮れで、雨上りの空には虹がかかっていた。高いところのあたりははっきり見えるのに、低いところがぼんやりとしているのが不思議に思えた。虹の色は七色あるはずなのに四色くらいしかわからなかった。どこかでひどく鮮明な虹を見た記憶があったが思い出せない。「不思議な滝」にも虹がかかっていた。この方ははっきりと七色がわかった。そしてすぐには消えないものであった。なぜかその電気を使った人工の虹はひどくはかなく思えた。

商店街に行った時は虹は消えていた。アーケードの上の空はきれいな夕焼けに変っていた。コーヒーを買って隣りの花屋をのぞくと奥の方に鉢植えの「かすみ草」という花があった。初めて聞く不思議な名である。花そのものはどこにでもありそうな可憐な花であったが、その名前がぼくの気にいった。あるいは平凡な花なのかもしれない。それにしてもその花を「かすみ草」と名付けた人物を調べたい。見れば見る程夢の中へかすんでゆきそうな、あるいは夢の中の路傍に咲いていそうな花である。

今夜から夢に出てくる花や草や木を覚えておこう。思い出しても夢の中には花や草や木は現われたことがないような気がする。夢の中の世界は人間だけの世界なのだろうか。ぼくはジャン・コクトオの「愛人ジュリエット」を思い出す。あの結婚式のおそろしさ、悲しさ、最後の哀れさ。テレビでその映画を見たさに、高校生のぼくは大雪の中を町のはずれの知り合いの喫茶店に見に行った。家にテレビがあったかどうかは忘れたが、わざわざでかけたのはそこの女主人が素敵だったからである。

夢のような話である。

「かすみ草」を見ての帰り途「不思議な滝」に寄ると、滝は中へしまわれてしまっていた。人工の虹のネオンの管がぶざまに光っていた。それがまたぼくにいつか見たアメリカのテレビドラマを思い出させた。

それも不思議な物語であった。妻に裏切られ人生に絶望した男が西部の奥地でレストランを開いている。男は夜になると部屋の灯りを消して、奇妙な装置を動かして部屋の天井や壁に都会のネオンを映す。それが男の唯一つの娯楽なのである。煙草の広告、自動車の広告、女の姿態、さまざまなネオンがジージーいって映るのだ。そこへ家出したばかりの人妻が自動車でやってくる。そしてあとは普通のドラマになってしまうのだが、ネオンを一人きりで映している男の姿はいつまでもぼくの心に残っている。

あまりいろいろなところへ思いが移るので、ぼくはまた四、五日前に偶然気付いたことを思い出していた。それは妻が少女時代に写した写真が実家に置いてあって、それを持って帰ったのでアルバムに貼ろうとした時、アルバムの最初の方から出てきた写真、ぼくがいちばん大切に持っていた少年時代の初恋の人の写真と見比べて、びっくりした程二人が似ているのに気付いたことだ。眉の形や眼の形や口もとまで似ているのである。結婚した時はもとより、その時迄二人はまったく違う顔と思いこんでいたのに、それがあまりにも似通っているのである。ぼくはずっと片思いに思い続け、それから十年以上たっても意識下のあこがれはそれと似通った面影を求めていたのだろうか。そのひとの髪のなびくさまも　話し声も、そのすべてを一生忘れないと思ったのに、十年も二十年もどこかにひそみ、そしてそれと気付かぬようにすべては再び現われてくるのだろうか、いつか見たように思った鮮明な虹は、初恋の人と共に校舎の窓から見たのではないだろうか。それが駅の上の空に再びかかったのだ。

そう信じたい。

## 児を盗む

子供が欲しい。自分の子供でなくとも小さなものを抱きしめてみたい、と願うのは、女すべての、女だけの願いなのでしょうか。

公園の木蔭の乳母車の中で、赤ん坊が眠っている。それを見て可愛さのあまり、ついふらふらと抱いてみて、そのあまりの軽さとやわらかさに、そのまま返せなくなり、家まで連れて帰って、初めて、盗んだことを知ったという女のひとは、子供が三人もある主婦なのでした。

また、ある夏の日に、駐車してあった車の中から赤ん坊を盗み出し、夏の間中保育していた犯人は、ミルクの入れかたも、おむつのあてかたも、ろくに知らない小学生の女の子で、両親の旅行中の犯行なのでした。女の子が車の中をのぞいた時、赤ん坊が笑っていて、それが自分の産んだ子のように思えた、とその女の子はいったそうです。

つい先頃、アメリカで起った事件は、それらとは違い残酷で戦慄すべきものでした。テキサスかどこかの田舎町で、ある中年の女性が、子供欲しさのあまり病院に忍びこみ、入院中の臨月の婦人を麻酔で眠らせ、自《みず》らメスを持って帝王切開の手術を行い、胎児を取り出すとその場で婦人を殺し、その足で夜の明けるのを待って役所に行き、自分の子として届け出たというのです。

いったいどのような思いが、これだけの行為を可能にするのでしょう。誰でも思い切れば、これくらいの行為はできるものなのでしょうか。それともこれはやはり狂気の犯行というべきなのでしょうか。わたくしはこの残酷な行為の奥に、人間の真《まこと》なるもの、凛とした本性を感じとるのです。

大慈大悲とはこのような恐しいものではないのでしょうか。

わたくしが、遠いアメリカのその中年の女性の犯行にうたれましたのは、生命《いのち》のひらめきとでもいうべきものを感じたからでした。殺された母親への同情がわいてきたのはそのあとです。わたくしもまた、同じようにして児を盗んだ母のような気がしたのです。わが子の薄青い瞳の奥をいつまでも見つめていると、そんな気がしてきたのです。

ひとは哀しき

電燈の明りのとどく狭い範囲に
妻と子供と三人ふとんを並べ
背を丸めてよりそって眠る。
なんのとりえもない自分にも
よりそって生きるものがある
生きねばならぬものがあると
自《みずか》らにいいきかせ
窓の外
月光水のごとくに流れるを見る。
野原で眠るごとく
水底に沈むごとく
ひとはなぜ眠るのか
ひとはなぜ眠るのか
……………………

ひとは哀しき。

（『花屋の花 鳥屋の鳥』一九七五年白川書院刊）

## 青い蚊帳

田舎の家には夏にしか帰らなかった。
一晩だけしか泊らない年もあった。
夏だから古い青い蚊帳が吊られた。
その中に父母と私は子供の時のように並んで寝た。
母屋から離れた納屋の二階で、
兄や姉に内緒で父は私に金をくれ、
仕事の話しを聞きたがり、
顔を曇らせ嘆いた。
「早く結婚せにゃ、いけんに」
いつもそういって私を怒らせた。
裏山から吹きおろしてくる風は涼しく
雨戸を閉める必要もない開け放した窓からは
かすかに遠く波の音が聞えた。

結婚した最初の年、
私と妻は納屋の二階の青い蚊帳の中にいた。
アイロンのかかっていない糊のききすぎた
板のようなシーツと固い布団、
そのためにとってある帰省用の浴衣。
父は母屋に寝たきりになり
妻に遠慮して蚊帳の中に入ってこない
母の声もしわがれていた。
母が出ていったあと
私は閉めてあった雨戸を開けた。
見られてもかまわない
そうして私は妻とむつみあう。
星がこんなにもあったかと思われるほど多く
こんなに近い所にあったかと思われるほど間近く、
少しづつ動いているのがわかるほど輝き、
そうして私はかすかに遠く
天の河にうち寄せる波の音を聞いた。

## 母山羊　子山羊

山羊のお産というのを見たのは、あとにもさきにも一回きりで、それも明日は妹の結婚式という日のことで、そのため私は田舎の村に帰っていたのだった。……帰省した日もいちにち、山羊は苦しそうな声を出してすでに横になっていた。その山羊を前に見たのは五年前であったから、もうかなり年をとっていたように思う。村でも飼われているのは一匹だけになっていた。乳をとるためだけで飼うのには高くつきすぎたのである。それでも村のおおかたの子等は、いまだにその山羊の乳を飲んでいた。

昼の食事を終えて父と小舎に行くと、山羊は世にも哀れな声を出してないていた。口から泡を吹いていた。——これはいけんぞ。腹に二匹おるがな。しかも一匹は死んじょるぞ。腹をさわると父は私に縄を持ってこさせ前足をくくった。それからゴム手袋の手を差しこんで、無理やり子山羊を引っ張りだした。一匹は袋に入ったまま死んでいた。もう一匹は逆子《さかご》でなかなか出てこなかった。それでも袋が破れやっと現れた。

生れたばかりの子山羊はすぐ立った。弱々しい声で母を求めてないた。だが母山羊は荒い呼吸をたてるだけだった。父はあわてて強心剤を二本続けて打った。それもききめはなかったのか、大きな息をたてつづけにすると声もたてず母山羊は死んだ。

——可哀そうにのう。母がおらんでは育たんけんのう。許してくれのう。そういうと父は、立ってふるえている子山羊をかかえこみ、無雑作に絞め殺した。そして私に小舎の掃除をさせ、母山羊と子山羊の死体を布でふくと、リヤカーに乗せてむしろをかぶせ、村の海岸の船小舎のすぐ近い砂浜に穴を掘って埋めた。

作業が終ると私達は並んで腰をおろし、かすかにけむる沖の島々を見やりながら、明日の結婚式のこと、私の勤め口のこと、将来私が持つべき家庭のことなどについて、言葉少なに語ったのである。

# 村

父はその村を
日本一の村だといっていた。
その言葉を聞くたびに
ぼくはせせら笑った。

その村に行く途中に
大きな湖に面した入江に
遠い山の蔭が映る
美しい村があった。
おなじ住むならあの村がいい
とぼくがいうと
あんな不便な村には住めるものか
と父はせせら笑った。

父が死ぬと
死体を焼くにも
山を越えねばならなかった。
海に面した火葬場で
父はぼうぼうと焼かれた。
ぼくにとってその村は
日本一不便な村だった。

ぼくはもう村へ帰らない。

# 村の葬式

その一

父の田舎の家には、家付《いえつ》き猫というのがいまして、代々同じ名で呼ばれ、同じ牝の三毛猫です。その猫が仔を産むと、一番可愛らしい一匹を残して、他は全部殺されてしまいます。そして残った一匹が家付き猫になるのです。わが家では父や男達は犬好きで、母と女達が猫好きでした。

　その父が年末の寒い日に、年老いた機械が止まるような静かさで、息を引きとりますと、すぐ葬式となりました。家の回りでは親戚の人達が忙しく立ち働き、それに混って、十匹に近い野良猫が料理を狙ってうろちょろしていました。「あらまあ、こんなところに！」と叫ぶ声がしました。見ると台所の奥の庭に、三毛猫が一匹死んでいました。「あらこの猫は家の猫の親戚だがね」「御馳走を食べ過ぎたんだよきっと」「お父さんに殉死だ」誰かがいいました。すぐスコップで穴が掘られ、乃木将軍を葬るように鄭重に、その猫は埋められました。

その二

父の一周忌は夏の暑い盛りでした。

蝉がうるさいほどないています。池の鯉が飛びはねています。その鯉を狙って、例の野良猫達が暗躍しているようでした。

「昨夜《ゆうべ》もやってきて、保護網にかかってね。首が入りこんで出られなくなったの。どうするか見ていたら、母猫がやってきて、顔を舐めたり、手で網をひっかいて助けようとするの。可哀そうになって、どうしようかと思っていたら、今度は兄弟猫が二匹もやってきて、見守りながらかわるがわる小さな声で啼くの。逃げようともせず、ずっとそうやっているみたい。あまりなもんだから仕方なく網から出してやった」と家を継いだ姉が、法事に帰ってきた兄弟達に話していました。

野良猫一家は、おびえながら庭の隅で魚の頭を食べていました。家付き猫は素知らぬ顔であくびをしています。

## 綱渡り

先日、母が上京してきて久し振りに話しをした。その中で母が、「お前は近所でも名うての学校嫌いだった」といったのが耳に残った。

私の学校嫌いは小学校に入ってすぐ始まった。布団の中にいつまでもいるのが好きで、ぱっと起きることができない。起きて用意をしていると腹が痛くなる。便所に行くと遅刻しそうになり、あわててでかけると忘れ物に気付く。学校に着くまでにまた決って腹が痛くなる。校門をくぐると便所までもたず途中で洩らしてしまう。そこでいつも家に電話して着替えを持ってきてもらい、やっと授業に間に合うのである。

それでも誰一人叱るものもなく、嫌がられた記憶もないが、子供心にもその心細さ、哀れさ、惨めさはひとしおで、いっそ川にでも飛びこもうかと思う。

腹具合が直っても、成績が良い訳ではなく、運動に得意なものもなく、頭脳劣悪・身体虚弱、私は毎日屠所に曳かれる羊の如く、足どりも重く鞄を引きずって学校へ向った。

社会に出て、ここも学校と同じであったが、それでも会社はいよいよとなれば辞めればよく、朝起きが辛くて辞めた会社もあったし、友人の下宿での夜の語らいの楽しさ故に辞表を出した工場もあったが、学校の悲しさはそれと違って、これは他に何処へも行き場のない悲しさであった。

小学校の後半から、私は朝家を出るとそのまま夕方まで、町をうろついて帰ることを覚えた。私の町は人口十万程の都市で、デパートもなく盛り場もない。城のある丘の公園に行き、ぼんやり銅像を眺め、ベンチから町を俯瞰し、できるだけ人と会わないように歩きまわった。

犯罪者のそれの如く、不思議に私が近づくのは、わが家の裏通りや、他所の小学校や中学校であった。家の近くに行くと姉が立っていた。こちらを見ても気付かなかった。

他所の小学校では、土堤の上から体操や授業を見た。先生の一人に見付かり声をかけられた。私は必死で逃げ、近くの造船所の船台の下に隠れた。

父は一年中ほとんど家にいず、仕事で全国を廻っていた。たまに帰ると私の通信簿を見て、お前のようなものは神主かサーカスの芸人位しかなるものはあるまい、といった。

近くの神社の空地にサーカスが来た。私は三日続けて見に行った。空中サーカスを夢に見た。四日目の昼、学校を休んで行って見ると、テントの中で化粧を落した綱渡りの芸人達とその家族が、薄汚れた世帯道具に囲まれて食事をしていた。私と同い年位の子供が、公衆便所の蛇口からバケツで水を汲んでいた。神殿では白い神衣をまとった神主が祝詞をあげていた。

何になろうという気もなく、何をする気もなく、早く学校そのものを終えたいと願っていた。私は中学校へ入った。そしてついに国語の教科書の中で、これというものに辿り合ったのである。

最初の方に石川啄木という名があった。略歴と写真と短歌が載っていた。その顔写真と略歴が私を魅了した。それは私と同じ少年の顔だった。しかも中学中退である。これほど私を喜ばせたものはなかった。……大学まで行かなくて良いのだ。私は毎日啄木の歌を暗誦した。私自身の血肉だと思えるほど、啄木の歌は心に沁みた。

ぼくの好きなもの

コクトーが少年時代を書いている。

ある時彼は、かって少年時代を送った街へ行き、思い出の家の前に立った。門番が疑って何をしているのだという。少年の自分を見たいというと、扉を閉められてしまう。そこで彼は、昔、学校からの帰り道にしたように、目を閉じて、手で家々だの街燈だの柱だのを撫でながら歩いてみる。しかし駄目である。思い出はよみかえらない。彼は思う。その当時、自分はもっと小さく背も低く、手の位置はずっと下だった、と。そして再び撫でてみる。昔のレコードを聴くように、彼の胸に思い出がよみがえってくる。一緒に通った学友の名。受持ちの先生の名。ノートブック。妹の着物の色。なにもかもが……。

コクトーやラディゲが好きだったのは、高校生の時だ。ぼくは湖に面した小さな県庁所在地に住んでいた。そうして周囲を馬鹿にし、家族たちも見下していた。フランスの社交界や大人の会話や洒落た詩。それらすべてがわからなくても、それらの本はぼくの反抗の一形式であった。流行の映画。流行の音楽。流行の服。それらは文字通り最新のものでなければならず、昨日の鳥は籠から放たれ、今朝の魚にも死臭を嗅いだ。――恋すらも。

ぼくは初恋のひとが美女であり、しかも大都会から来た転校生であり、副知事の令嬢であることを誇りに思った。

その彼女とぼくは中学では同級生であった。ぼくはなにもかも好きにならねばならなかった。ヘルマン・ヘッセとその『郷愁』も。なぜなら彼女が宿題にそれを読んだのだから。雲や水や風や、すべて移ろいはかないものも。なぜなら彼女は誰が好きなのか、さっぱりわからなかったから。さっぱりわからないまま天使は汽車で去った。あとには美女がひとりもいない退屈な町が残された。中退しかかっている哀れな高校生のぼくと共に。ぼくは早々に町を去らねばならぬと決心した。町中に火をつけてまわる夜盗団のような気持ちだった。

## 胸の写真

——今日中に仕事を片付けてくれ、
といわれると、
徹夜をしてでもやらねばならない。
なぜなら彼は下請けの仕事をしているからだ。
風邪気味や特に疲れている時などは
我とわが身が情けなくなる、
そんな時、彼は胸のポケットに入れてある
エロ写真にさわるのだ。
他人《ひと》と会うのがいやな時、彼は写真の姿態《さま》を
思い浮べて勇気をとり戻す。
男と女のからみ合いが彼を生かす。
電話の声を聞いたその時は
彼には特につらい日だった。
家に電話をかけてくると、煙草をつけ、
人影の少なくなった深夜に近いビルの一室で
胸の写真をとり出した。
毎日のように眺めていると、
写真の男女も
見知らぬ人とも思えないのだった。
それを丁寧にちぎると
窓を開け
水銀のような水溜りが拡がっている路上目掛け
少しづつ掌を拡げた。

鳩

彼は以前から「病む鳩」という小文を書きたいと思っていた。当時勤めていた会社への出勤の途中、いつも同じ時間に、駅からの細い裏道の二階屋の鳩小舎から、三十羽近い鳩が放たれるのを見ていた。鳩はまっすぐ上に、それから旋回して遠くの空へ向った。

その中に一羽動きのおかしい鳩がいた。羽の具合が悪いのだろう。少し舞い上るとその鳩だけは、すぐ近くの屋根の上に降りた。いつも注意して見ていたから、どの鳩なのかすぐわかりそうなものだったが、さっぱりわからなかった。

それよりも彼は、まわりの鳩の無関心の方に心をひかれた。仲間にそんなものがいようがいまいが、一羽として寄りそうものもなく、気持が良いほどであった。

勤めを終えて帰る時見ると、夕暮れに帰ってきた鳩は、小舎の中で羽を寄せてクウクウ啼いていた。心暖まる光景ではあったが良く見ると、鳩の金色をした眼は冷酷そのもので、それはなにか運命の悪意を思わせさえした。

生後数ヶ月の娘を抱いて、『……病児を守る会』の会場に着いた時、彼はすぐその鳩の眼を思い出した。外は天気が良いのに、講堂の中には明りが灯っていた。彼と妻は時間前に到着したので、どうして良いかわからなかった。入口に立ってポスターを眺めていると、バザーもやっています、という声がしたのでホールに行った。

会員の持ち寄りで会の資金を作るのだという。妻はすでに眼をうるませていた。――こんなに多くの子供がいるのよ。ねえ、きっと元気になるわよ。彼はあたりを見渡した。そこは子供と両親の渦だった。子供が……病の中ではいちばん軽そうで、しかも顔つきも姿かたちも冷静に見比べても他所の子よりも可愛い、ということがわずかに彼を慰めた。

講堂に入り講師の医者の話しが始まっても、満員の子供とその両親の渦の中で、彼はひとりとり残された気分だった。この子が死ねば、おれはなにをするのだろう。他にはなにも思い浮ばなかった。

たったひとつだけ彼は自分の姿を見ることができた。

それは子供の睫を切り取って、宝石箱に入れている自分だった。宝石箱のそれは長く黒々としていた。
　この話しをしたら妻はなんというだろう。冷たい人、恐ろしい人というだろう。きっとそういうだろう。そういわれたらどう答えようか、と彼は思った。なにも答えられない。周りからすすり泣きの声が起った。妻の眼からも涙がこぼれた。

——あなた、なにぼっとしてるの。
——いまなんの話しだ。
——自然治癒の話しよ。ちゃんと聞いてらっしゃい。だからあなたは冷たいひとなのよ。こんな大事な話しも聞いてないんだから。

　医者になにがわかる。痛みがわかるか。不安がわかるか。恐怖がわかるか。いや親にも痛みはわからない。おれは、おれは、とつぶやく。拍手が起った。妻も立ち上り、屋根から鳩がいっせいに飛び立った。

## 雨の朝

　梅雨時にはひとは獣になれる。

誰の詩句であったか
小説の一節であったか
忘れた
　朝。
出がけに、妻が腹をおさえて倒れた。
舌打ちして、彼は病院へ急ぐ。
妻の言葉が追いかけてきた。

　わたしが倒れても
　あなたは看病もしない
　熱を出しても吐いても
　さすりもしない
　けれどわたしは
　けっして忘れない

ごうごうと川の音が鳴っていた。
靄に煙る朝の川。
森の奥に
ひっそりと、
巣に籠って
雨を見ている
小動物の瞳が見えた。
呼びかわす声が聞えた。
きき
きき、と。

## 夢の中

わたし再婚したのよ。

と妻がいった。夢の中の話しだった。

普段はすっかり忘れていた、中学校の同級生達のなん人かに、主人を紹介していたの。年配のとても優しそうな主人が、にこにこして話しを聞いていた。わたしはその主人の姓を名乗り、子供も横でおじぎをしていたわ。その新しい姓の方が、わたしにはいまのよりずっと良いみたい。子供もなんだかはしゃいでいたみたいよ。

寝床から起きるとそういって、妻は台所へ去った。

夢の中での姓は教えようとせず……。

一歳半の娘はもう起きて、朝の光をカーテンをめくって掌につかもうとはねまわっている。私は寝床の中で、隣りの部屋のテレビの天気予報を聞く。

「台風が近づいていますので、日中は次第に天気が悪くなり、所によっては強い雨が降り、しばらくは不安定な状態が続くでしょう。」

また眠くなってくる。誰にもいえない夢の中へ私は再び入ってゆく。


その日。私は遅い朝食をすませると、会社へ行く途中寄り道をして、子供が遊んでいる近所のアパートを見にいった。子供は妻と一緒に早く出かけていったが、さるすべりの木の下でひとりで遊んでいた。私がそっと近寄って名を呼ぶと、子ははじかれたように砂場から立ち上り、駆けてきて、垣根の破目板をつかみ、あたりを見まわした。私がさらに名を呼ぶと、やっと気付いて私を見上げた。そして、みるみるうちに、いっぱいに見ひらいた眼を涙であふれさせた。まるで川の表面《おもて》に降る雨のひろがりを見るようだった。
私はもう一度名を呼んだ。それから会社へ向った。

## 冬のメルヘン

さむいさむい冬の午後です。
ちっちゃな女の子を連れた男が
水の流れていない都会の川の橋の上で
耳をすましていました。

おとうさん、なにか聞こえるの
と女の子がいいました。
ああ聞える　聞える
と男がいいました。

水溜りが氷になって
ところどころに淡く光っている
石ころだらけの川の側面に、
雨水の排水管でしょうか
大きなまるい穴が開いていて、
そこから低くぼうーという音がしてくるのです。
穴のひとつひとつはみな違う音で
それを聞く男の顔に
少しづつ血の色がのぼってくるようでした。

橋の上の男とちっちゃな女の子の影は
どこか少しはかなげで、
細くなったりゆがんだり
しばらくワルツを踊ったりしていましたが、

……ちゃん　ごはんですよ
という声が遠く聞えると
やがて飛びはねて　いってしまいました。

# 雨中の鶏

私の娘はまだ二歳だが、実に外出好きで、朝早くから赤いゴム長靴をはいて、階段をおりて外へ出て行く。一日外で遊んで飽きることがない。羨ましいほどである。雨が降るとレインコートを着て出かけて行く。

日曜日。外は大雨であった。秋の始めのひさかたぶりの雨である。私は布団の中で本を読んでいた。娘は朝からさわいでいる。外へ出たくてしかたがないのである。何回も外の雨を見せるのだが納得しない。そのうちとうとう泣き出してしまった。そこで私が外へ連れて行くことになった。赤ん坊の時のおぶりひもでおんぶし、傘をさして近くの小学校へ行った。

校庭にはだれもいなかった。家鴨の小舎を見て、鳩小舎を見、鶏小舎を見て、それから無人の教室に入って椅子に座り、黒板に貼ってある絵をひとつずつ眺めた。娘は大喜びである。「ピッピちゃーん」と大声で呼ぶ。鳥類はすべて「ピッピちゃん」である。

ひとしきり見たので帰ろうとして、鶏小舎の方へ行くと、一、二年生らしい小学生達が五、六人で餌をやっていた。二段になっている高い小舎で、餌は刻んだキャベツとトウモロコシである。子供達はみなおっかなびっくりで扉を開け、餌箱を放り投げるようにして入れる。クチバシでつつかれるのが怖いのである。鶏は子供達を馬鹿にしたようにうまそうに餌を食べ、水を口に含んで大声でトキの声をあげた。

それでもいちばん大柄な女の子は怖がらず、上段の小舎の扉を開けて餌箱を差し入れた。すると中から数羽の鶏がクチバシを突き出した。女の子はびっくりして手を放した。鶏はいっせいに外へ飛び出した。

五羽の鶏が校庭に飛び出したのを見て、子供達は人さわぎになった。女の子はきゃあといって逃げ出した。「先生、々々」といって男の子まで逃げ出した。鶏達は久しぶりの外に興奮したのか一ヶ所にかたまって、水溜りをけちらせ、こぼれた餌を拾って食べ、トキの声をあげた。捕えてやろうと私が追いかけると、鶏達は争って逃げた。背中の娘は狂ったように喜んだ。

そこへ子供達に呼ばれて女の先生がやってきた。若い女学生のような先生である。ズックの靴をはいていた。彼女は餌をついばんでいる鶏の背後からそっと近寄ると、サッと捕まえ羽をつかんで、ジタバタするのを鶏小舎の上段へ放り投げた。水溜りを避けながらひょいひょいと跳んで、次々と鶏を捕まえ小舎に放りこんだ。あっという間の早業だった。鶏達も猫のようにおとなしいのがなにやらおかしかった。全部を収容すると子供達が拍手をした。先生は少し頬を染めた。

鶏達は静かになった。先生も子供達もいなくなった。帰りがけ私は背中の娘に聞いた。「ピッピちゃんどうした？」

「ピッピちゃんピョンしてた。センセイ、ピッピちゃんをつかまえた」

娘は大声で答えた。

## 桃

あのひとも、このひとも詩を書かなくなった……。本を送ろうと、名簿を眺めながら、私はため息をつく思いだった。みな一緒に雑誌を共にした古い友人である。

——たまにはおれの家に寄れよ。泊って行けよ。とSはいった。おれの女房まだ見てないだろう。息子も大きいんだぜ。

何年ぶりかで街頭で出会ったのだった。喫茶店でSはアイスクリームを食べた。腹が出ていた。お前まだあそこに書いているのか、といった。それは数年前に私が書いたことがある同人誌だった。Yの奴、最近家を建てたぞ、といった。二人は仲が良いようだった。Yの名をその時私は数年ぶりに聞いた。

その夜。私は田舎に住むIと電話で話した。その少し前、酔った私は、Iと二人でかって過した界隈を、歩き廻って帰ったところだった。そこには、Iが私に自慢した女の家もあった。

Oを町で見かけた。声はかけなかった。すっかり変っていた、とIはいった。IとOと私とは田舎の高校時の同人誌の仲間だった。
　雨が降っている。あの頃はよく雨でも出かけたな、とIはいった。あの頃のIの姿が思い浮んだ。瞬間。私はなにもかも捨てて、暗い夜の街頭で、短刀を閃かせ、互いの胸を突いているシーンを想像した。

　田舎から桃が送られてきた。女房と子供宛である。どういう加減だろうか。片半分は綺麗に色づき、片半分は青いのが、きちんと箱に並べられていた。無惨な、と私は思った。女房と子供は歓声をあげている。

大阪の林檎

　林檎を人工的に生育させ、半年間でも一年間でも保存できる体育館ほどの冷蔵庫がある。私はそれを建てる仕事をしていた。
　炭酸ガスを室内に充満させ、林檎の呼吸作用（と確か聞いた）を抑えて、いつまでも青いままにしておくのである。そのガスの量を調節するのも私の重要な仕事の一つだった。
　女がいる。大きな箱の中へ二人で入る。息がつまり、たちどころに死ぬ。翌日、翌々日。二人の死体の横で、おびただしい林檎の山は青いままである……。

　仕事をやめようと思っていた。寸暇を惜しんで人眼につかぬ所へ行っては、本を読んでいた。尻の下に林檎の箱があった。見るとそれは大阪から来たものであった。青森の林檎ではなく、大阪の林檎である。私は声を出して笑った。

窓のある建物

　最初私は、その建物を連れ込みホテルだと決めていた。形が週刊誌の広告などに出ている西洋の城のようだった。シンデレラの城である。バス通りに面した樹の多い大きな公園の中にあって、通りの向いはこれも小さな池のある公園である。私はひさかたぶりにバスで通勤し、事務所に行くのにその建物の前で降りるのである。

一ヶ月も経って、あるひとに教えられ、私はそれが児童館であることを知った。不意をつかれた感じがした。子供達が中で遊んでいる様を思ってみたが、私には少しもイメージがわかないのだった。

ある日。私は仕事に疲れ、少し頭を休めようと、池のある公園のベンチに座って、風でくるくるまわる水面のゴミを眺めながら、煙草を喫っていた。そして、なんの気なしに例の建物の方を見たのである。すると二階の窓一面に女の子が立って、こちらを見ているのだ。なにか叫んでいるようだった。

通りまで歩いて行くと、サイレンが聞えた。遠くに赤い火が見えた。火事だった。

それから一年経った。仕事がうまくゆかなくて、私は田舎へ帰ろうかと思った。事務所に通う必要が失くなる日、ふと例の建物の中を見ようと思った。

入ると誰もいなかった。一階は運動室で樹にさえぎられて薄暗かった。二階は読書室だった。窓は大きく明るく、近づいて眺めると私の事務所の屋根が見えた。歩くと床がかすかに音をたてた。壁際の本棚には本が並べてあったが、ほとんどが私の読んだことのない童話や絵本だった。中に子供の時読んだ本があった。『絵のない絵本』である。私は子供用の椅子に座り最初のページを読んだが、また棚に戻し、足音をたてないようにそっと外へ出た。

## アイスクリーム

生れて初めて、ぼくは会社に行くのが楽しかった。仕事や同僚に愛着があった。ここでできるかぎり働らいてみようと思った。ひとつ所に辛抱できないやくざな性格から、足を洗おうと思った。四年経って、突然、会社が倒産した。

ぼくは責任者のひとりだった。別れがたく、自分の金を出して、近くに事務所を借りた。残務整理をしながら同僚は次々に再就職していった。それを見るのがせめてものなぐさめだった。最後にひとりになった。

事務所は繁華街の裏の連れ込みホテル街の一劃にあった。ぼくはそこでぼんやりと道路を眺めてすごした。もう二度と会社に勤める気はなかった。すぐ隣りにトルコ風呂があった。毎日昼すぎに出勤してくる女達と顔なじみになり、挨拶をかわすようになった。雨の日など、傘をさしてやってくる女達を見ていると、旅情に似たものを覚えるのだった。

金が尽き、事務所をたたもうと思ったのは夏だった。すぐ近くにキリスト教関係の福祉施設があった。寄附をさせてもらいたいといったら、眼鏡をかけた年配の婦人が現われた。事務所の新しい机や椅子や事務用品を運ぶと、小学生や中学生の女の子が立って見ていた。古いオルガンを代りにさしあげます、といわれた。

雨あがりで果物屋の店先がとりわけ美しかった。なにか買って帰ろうかとしゃがんでいると、後ろから女の子が駆けてきた。「これお礼にといわれました。早く食べて下さいって」と、手に持った紙袋をぼくに渡した。通りの端に立って紙袋を開けて見ると、中には大きなアイスクリームがひとつ入っていた。

## 街の雪

ビル街の一劃は底冷えのする寒さだった。
昼間から照明がついた
ガラス張りの建物のひとつに
娘は入っていった。皆と一緒に
面接試験を受けるために。

――どうだった。と電車の中で母は聞いた。
――わたしそんなにひねくれて見えるかしら。
ついさっき出てきた
ビルを眼の下に見ながら娘はいった。
普段着の娘を見つめて母は黙った。

風邪をひいたのか身体全体が冷たい……。
家並みが低い夕暮れの暗い町へ帰りつくと
娘の顔が明るくなった。
空が急に白くなった。
――母さん。雪よ。
――あらほんと。あそこは降ってなかったのに
ここはそんなに田舎かしら。
母は笑った。娘も笑った。

跳躍
――あるFRAGMENT

三日前に買った花と、一番気にいっていたガラスの花ビンが最後迄残されていた。花はすこし萎れていた。それを見ていると、遠い記憶の底から、冬の花の名が次々と浮んでくるのだった。アネモネ。クロッカス。スウィートピイ。ヒヤシンス。……青い花が咲くのはどれだったかしら。考えるのも懶く、彼女はそのまま窓際に座りこみ、花ビンから花をとり、ガスの元栓を開けた。臭気が顔をゆがませた。彼女はすぐ栓をもとに戻した。花は瞬時に色を失っていた。

机の上に置かれたスタンドの灯りが、彼女自身の姿態が写っているバレエの公演のポスターを写し出していた。それをはがすと、汚れた下着類を入れた紙袋に入れた。片付けるものは片付け、ただの白い空間となった部屋の中に、備え付けの机と椅子だけが取り残されていた。コートを着たままで椅子に座り、彼女はスタンドの電球のフィラメントを見つめた。そのかすかなふるえは、まるで遠い生命を見るようだった。非常に永い時間、まばたきもせず、彼女はそうしてフィラメントを見続けた。

もう見落したものはないかと棚の上を見た。忘れてしまっていた古い舞踊論の本が、置かれたままになっていた。手にとり偶然開けたページを読んで、彼女は微笑を浮べた。

「最良の舞踊とは最高の意志の表現である。それ故、高所から身を投げる自殺者の姿態は、次の生への跳躍の表

現といえる。」

本をたたみ、紙袋の中へ入れると、彼女は電気を消し、暗闇の中で煙草に火をつけ、しばらくカーテンの隙間から外の夜景を見つめた。それから彼女は口紅をとり出し、机の上のメモ用紙になにか書きつけようとしたがやめた。口紅を唇につけ、いつものくせで端をちょっと舐め、ひとりで笑った。そして部屋のカギをかけエレベーターに乗った。

屋上から見上げると、頭上は一面の星空であった。星と星とが呼びかわし、鳥のように飛びかっていた。その間に立って、しばらく彼女は眺めていたが、やがて、音楽とともに、すべるように流れるように、歌いながら踊り始めた。

ある感じ

以下は私とM君の会話である。

――バスの通り道のN建設の玄関前にね。噴水のある小さな池があるだろ。あそこに鯉がいるの知ってるかい。

――ああ、あれですか。しかしあそこには、鯉どころか魚一匹いませんよ。わたしはたまにのぞくんですがね。

――おかしいな。おれがいつか見た時は、大きいのが十匹以上いたがな。それにでっかいビューイックがとまっていた。

――社長の車ですよ。最近はリンカーンコンチネンタルです。よほど儲かると見えて、運転手がピカピカに磨いてる。変な会社ですよ。夜になると忙しそうで、電気が灯いてる。

――結構じゃないか。車はだんだん立派になる。

――社員はだんだん減ってます。

銀行に行く用事があったので、久しぶりにN建設の前を通った。見ると玄関前の池がない。噴水がとり払われ、代りに盛土がされ、植木が植っていた。入れたばかりと見え、土が濡れ、木に生気がなかった。

事務所に帰ったが、話し相手のM君がいず退屈である。思いついて、電話帳で調べN建設へ電話をした。

——もしもし。……私はいつもお宅の前を通る者ですが、お宅の池の鯉は、どうしたのですか。

ちょっとお待ち下さい、と女の声がした。男が代った。

——なんだって。うちのコイがどうとか。あんたは誰だ！

私は電話を切った。ある感じが私を捕えた。そしてそれははっきりと、脳の一部で、ガラス張りのビルの姿になっていった。

# 宝石

## 1　ルビー

暁け方。寝台車のベッドで本を読んでいた男は、眠れぬままに通路に立って、カーテンの隙間から外を眺めた。暗い山と山の狭間に、巨大な流星が続けて落ちて行くのが見えた。

——誰も知らない。いまこの列車のベッドに眠っている乗客のすべて。車掌も機関手も、あの小さな家々に身を寄せ合って眠っている人達も。この孤独な巨大な流星。それが二つも落ちていったのを。そしてここに立っているひとりの男が、いま生れつつある子供の所に急ぐことも。

男は煙草に火をつけ、深呼吸をし、またベッドに戻った。

夕暮れ。疲れとやすらぎで眠ってしまった女は、眼を覚ますと枕もとのブザーを押した。不思議な病院であった。入院患者がひとりもいない。そのくせ隣りを増築している。遠くに赤ん坊の泣き声がした。女はうっとりと窓の外の桜の木を眺めた。葉に一面に穴があき、そこから日の光が透けている。そこは昔、女が生れた病院だった。

赤ん坊が抱かれてきた。女は初めて抱いてみた。少しずつ不安のようなものが満ちてくる。これがしあわせというものなのだろうか。女はそう思った。赤ん坊はしっかりと手を握っている。女はそれをそっと開けた。

子供はルビーを握っていた。右手の真ん中に、ちいさなちいさなルビーを。

## 2 サファイア

サファイア。鋼玉の一変種。玻璃光を有し青色透明。時には淡い緑黄色。装飾に用いる宝石の一。

――わたしの誕生石よ。と女がいった。サファイアは九月である。女とはその日が初めてだった。指定された喫茶店に行くと、目印の雑誌を持って女はかすかに笑った。一重まぶたの細い目。指には小さな青い石が光っている。男には初めて見る光である。

不快なものを感じた。思ったより年も食っていた。一方的な文通によって知らされていた女だった。ものを書いてはいても、男にはそれまで女の読者などなかった。

外へ出ると女はコートをまとった。トレンチコートだった。不似合いなほどベルトでしめられた胴が細かった。並んで歩くと女の方が少し背が高かった。

駅の近くの広場で女が「あっ」といった。ハイヒールの踵がとれかかっている。男と女は連れ立って近くの靴屋へ入った。鏡に女のストッキングだけの足が写っている。身体に比較してひどく細い足首が男の眼にとまった。片足のままで棚によりかかっている女には、水からあがったばかりの魚のような生ま生ましさがあった。男は眼をそむけた。

――またお会いしましょう。と女はいった。ネオンが点き出した。靴の形のネオンに灯かない部分があった。ぶざまだ、と男は思った。

## 3 オパール

日曜日。病室で日の光に眼を覚ました老人は、やってきた看護婦に話しかけた。

――ゆうべの夢は、死んだ親父と一緒に子供のわしが、見知らぬ外国の町を歩きまわっていた。歩いては通りの写真館のガラス窓に飾ってある女の写真を、一枚一枚見ているのだ。親父に手をひかれ『これがお前の母さんか』といわれて、『違う、違う』といいながら歩いていた。それがひどくやるせなくて泣きたいほどだった。親父と一緒に最後は港まで行って、そこにたたずんで見ていた海の光がまぶしくて、それで目が覚めた。
　看護婦は熱をはかっている。このひとはあといくらももたないと思う。老人の眼は片方が白く濁っていた。安物のオパールみたいだ。わたしの眼はどんなに見えるかしら、と彼女は窓ガラスの向うにほほえんでみる。

## 人並に

連嶺の夢想よ！汝が白雪を消さずあれ　伊東静雄

天才ではないかぎり
ぼくらの人生は結局
何処で生れ
何歳で結婚し
子供を何人つくったか、だ。
書いたものなどはすぐ
忘れられてしまう。

小学校以来の親友I君は
田舎から上京して
ぼくと会うたびに
そういってからかう。
二人が会うのはいつも
人の群れの騒がしく
話す声も聞えないほどの
ビアホールだ。

非凡な人生を生きようと
固く心に決めた日から
永い年月が経ってみると、
ぼくは二十七歳で結婚し
三十八歳で一男一女の親
書いたものは忘れられ
人並に
平凡な生活を送っている。

しかし誰にも

小さな持病があるように
ぼくも身体の暗所に
秘密を隠し持っている。
ぼくはそれを
一生誰にもいわないだろう。

固く心に決めたある日から
ぼくにとって
人並に生きるとは
その秘密を守り通すことであった。
ゆらめく炎のように
はかなくもろい美のような
秘密を。

(『胸の写真』一九八〇年白馬書房刊)

詩集〈待ちましょう〉全篇

## 小鳥の少女

背の高い少女だった。
いつも黙って笑っていた。
名前も知らない
小鳥の少女だった。
見かけるたびに
胸がすこしずつ高鳴った。
胸がどうにもならなくなったとき
電車からおりてくる少女に出合った。

小鳥はぼくの部屋にいた。
結婚しよう
といったとき、少女は
駅前の喫茶店に肥った母親を連れてきた。
三人でお茶を飲んだ。

少女はにこにこ笑い
その母もにこにこ笑った。
「お仕事はなにを」
などとひとことも訊かなかった。

田舎での披露宴をせにゃいかん
と父がいった。
ついでに泳いだり遊んでいけばいい。
二人で田舎に帰ると、すぐ宴会になり
妻は親戚に酒をついでまわった。
妹の着物を着ていた。
生まれてはじめて着る着物姿だった。
口紅もはじめてつけたと
にこにこしていた。

二日酔いでぼくが寝ていると
朝早く
父と一緒に海へ行き、舟に乗って
魚をとってきたと籠の中のものを見せた。

網を引きながら、父は妻に
あの島はなになに島
あの山はなになに山
あの入江はなになに村
と生徒に説明する小学校の先生のように
話したという。
少女に対する少年のように、父は
ほかのことはなにもいわなかったという。

夜明け

真夜中。眼を覚ますと向いの席に、無精髭をはやした老人が座って酒を呑んでいた。私は学生服を着て、ボストンバッグを枕に座席に横になっていた。
汽車は深い闇の中に止っていた。山陰線の小駅であった。海が近かった。開けた窓から不意に潮風の匂いが飛びこんできた。私はボストンバッグの中の父の手紙を思った。父の顔を思った。

――勤めは一生のものです。いやなことがあってもつらいことがあっても、短気を起こさないように。会社をすぐ辞めたりしてはいけない。上役、先輩はおろか寮のおばさんにも気に入られなければなりません。もう父も母もないのです。ひとりで生きてゆかねばなりません――。

そしてまた眠った。再び眼を覚ますと向いの席の老人はいなかった。汽車は揺れながら大阪の工場や密集した住宅の間をのろのろと進んでいた。それは私が初めて見る大都会の夜明けだった。

二年も経たないうちに私はその会社を辞めた。先輩と喧嘩し寮を追い出され、勝手に辞表を書き同僚にも別れを告げず夜汽車に乗った。前日。父に手紙を書いた。

――勤めは一生のものではありません。ぼくにはぼくの生きる道があります。生意気のようですがぼくはぼくの進む道を見つけたい。その道をゆきたい――。

発車のベルが鳴った時、息せききって下宿のおばさんが現われた。「これすんまへん。汽車の中で食べてってや」

蜜柑と落花生の入った袋を手に持っていた。それは私に黙って質に入れ流してしまったラジオのお返しだった。窓ガラスの向うでおばさんは手を合わせていた。

……蜜柑と落花生を食べ、ボストンバッグを枕に座席に横になると、私はすぐ眠った。眼を覚ますと汽車は東京の工場地帯をのろのろと進んでいた。早くも起きて働いている人影もあった。それは私がすでに何度も見た大都会の夜明けであった。

## 黒き疾風《はやて》

丸山辰美はとうとうやってきた。

ぼくに厚い原稿用紙の束を渡すと、これを読んで見てくれ、といった。二百枚はあると思われる長編詩である。ぼくは読んだ。無我夢中で読んだ。それは驚くべき詩であった。一見して明治時代の象徴詩を思わせる、古い語法の漢字ばかりの行のうちに、鮮烈な色彩があり、生と死への深い思いやりがあり、胸を打つ悲愴美が全編に漲っていた。

　素晴らしい。なんという詩だろう。そうか、きみはこれを書くために二十年も雌伏していたのか。これほどの作品を書いているのを知らずに、何も書かないといって非難していたおれは、なんて馬鹿だったのだ。許してくれ、とぼくがいうと、いやいいんだ。おれはこれを書くために命を懸けてきた。だから、そんなことはもういいんだ、と彼は笑った。それはぼくと二十年以上も前にはじめて会った時、彼が見せたさわやかな笑顔であった。

　ぼくは胸がいっぱいになり、しかしいっぽうで、ひょっとしたらこれは夢かもしれない、と思っていた。夢だとしたらこの詩は消えてしまう。いま一行でも覚えておかなければ、この詩は永久に消えてしまう。ぼくは白っぽく変化してゆく原稿用紙の上に必死に眼を凝らし、詩句を覚えようとした。しかし茫茫とした視界の中にすべてはみるみる消え失せ、最後の行だけがかすかに残っていた。


黒《くろ》き疾風《はやて》。

## 八戸記

私が、八戸市・鮫《さめ》の蕪《かぶ》島に近い埋立地に、漁連の冷蔵倉庫建設の為の現場宿舎を建て、そこに現場監督として住みこんだのは、昭和三十八年五月で、二十二歳の時である。

　東京の本社から出張して行ったのは、A係長と二人で、私が一人現地に泊り、A係長は時折来て旅館に泊り、工事の進み具合をチェックした。私は前年の青森の工場建設に次いで、二度目の東北出張で、仕事には慣れて居り、一通りの作業を済ますと、近くの蕪島の海猫を見に行った。ちょうど繁殖期で、島は鳥の卵と羽毛と糞とで、足の踏み場も無い程であった。陸続きの島の浜の上に、「ポッポ食堂」という食堂があった。そこで私は酒を呑み、毎日の食事をした。

短かい秋が終り初雪が降る頃、東京から応援にTさんが来た。小柄で三十半ばのTさんは、一見して池部良を思わせる好男子であった。Tさんは来るなりすぐに、宿舎の冬仕度を始めた。私達は壁に断熱材を貼り、屋根を材木で固定し、外のドラムカン風呂を室内から入れるようにした。その年はことに寒気激しく、雪が十二月から降り続いた。

一月に入ると大雪の傾向となり、吹雪の日が続くようになった。ほんの二百メートル程先にある現場の建物が見えなくなった。黒い海には蕪島が遠く浮んでいたが、海猫の姿は見えなかった。私とTさんは毎夜、酒を呑んだ。

Tさんは戦争中は医学部の学生で、最年少の戦闘機乗りとして立川の航空隊にいた。戦争に敗けると医者が嫌になった。工場に入った。食うや食わずで結婚すると、子供を産んですぐ奥さんが脊椎カリエスになった。その療養費を稼ぐため、現場から現場を渡り歩くエンジニアになっていた。社員ではなかった。そのため、幾分か私に対する遠慮があった。

二月の吹雪の夜であった。私とTさんは例によって、夕方から酒を呑んでいた。そこへ郵便物が届いた。中に私宛のものがあった。見れば母からの手紙である。ちらっと読んで私はそれをストーブにくべた。

それは誰の手紙か、とTさんがいった。お袋からだ。と私がいうと、Tさんは、両親の手紙をそんなに粗末にしていいのか、といった、いいんだ、お袋のなんて。そういうと、Tさんは眼を真っ赤にし、いきなり私の腕をつかむと、外へ出ろ。といった。

——お前は。とTさんはいった。両親をなんと思っているんだ。……別になんとも思っていない、いいんです。と私はいった。するとTさんは、手を挙げて私を殴った。右、左と撃つ実に正確なビンタで、私の唇は切れ、血が出た。

——親父やお袋を大事にしない奴は。お前は、それでも日本人か。

私には応えるすべがなかった。寒さにガタガタ慄えながら、Tさんを見つめていた。やがてTさんの首が揺れ、雪の上に唾が吐かれた。……わかった。口を洗って寝ろ。

Tさんが背を向け、二人で戸を開けて室に入ろうとした時、隣りの飯場から吹雪を衝いて、職人連中の唄う「八戸小唄」が聞えてきた。

唄に夜明けた　鷗の港
船は出てゆく　南へ北へ
鮫の岬は　潮けむり
　ツルサン　カメサン
　ツルサン　カメサン
　…………　…………

ピストル

……辺りはもはや氷河期に入ったようだった。見渡すかぎり樹木がなかった。窓の明りは消え街路は凍てつき、遠くの摩天楼は巨大な氷柱と化していた。風物全体が狂暴性を帯び、ほんの少しの風にも敏感に反応し、歯を剝き出した。

私は暖かいレストランにいた。毛皮のオーバーを着て、緑色の飲み物を飲んでいた。私の横にはこれもオーバー様のものを着た婦人が、三、四人テーブルを囲んで食事をしていた。周囲に靄のようなものを発散して。それは生臭く妙に肉感的な空気であった。

その内の一人の唇が、開閉する度に拡大されて私の瞳に映った。じっと見ているとそれは**パセリ**であることがわかった。パセリの鮮やかな緑が、ピンクの開口部に入って行く。

次の瞬間、私はピストルを射った。

婦人は倒れ、私はひとりレストランの中央に立っていた。私はピストルを取り出しすぐ分解し掃除をした。この世で一番愛らしいものに出合った気がしていた。

生きてゆく勇気

生きてゆく勇気というものは、何処で与えられるかわからない。

ある夏の宵であった。ぼくと友人は夕方からビールを飲み始め、三軒目にいつものゆきつけのバーに行った。そこで二人は、マダムや女の子をほったらかしにして、いつもの馬鹿話しにふけった。そしてそれは次第にこそこそ話しに代っていった。男と女の話しから、男とオカマの話しへと。


何年か前のことである。友人は当時神戸へ仕事で行っていた。そこでオカマ二人に声をかけられた。承知して旅館に行くと、役割りが決っているらしく、綺麗な方は横になり、いかにも男が化けたという方は立って、友人と綺麗な方とのからみを見ていた。

その内、下になっていた方が、今度は友人に女になれといった。そうすればただでいいという。どうすればいい、というと、こうすればいいと、今度は上になった。その時、それまでは女としてなのか、まったく小さくなっていたあれが急に大きくなり、それと共に友人は少しずつ女になってゆく。気がついてみると、立って見ていたお化けは、いつの間にかすぐ横にいて、ひどく興奮している。まいった。まいった。と友人はいった。

バーの椅子の上で、ぼくと友人は腹を抱え声を殺して笑った。まったく、生きてゆく勇気というものは、何処で与えられるかわからない。

## 少年俳句抄

ぼくはいま迄に二度、句会に出たことがある。

最初は、松江の城山《じょうざん》の一の丸にある興雲閣《こううんかく》で行われた文化の日の市民俳句の会で、ぼくは当時高校二年生であったから、昭和三十三年である。当日は抜けるような晴天で、ぼくが盛会を思いやって会場に行くと、来ているのは二十人程で、ぼくはもちろん最年少であった。五十畳程の白い部屋の隅の方にぼんやり立っていると、隣りの人から白紙が渡され、ぼくは初めてそれに俳句を書くのだと知った。時間内に五句書けといわれ、何もわからぬまま皆はぞろぞろと外に出て、ベンチや立木の下に薄青く広がる宍道湖《しんじこ》と、黒い瓦屋根の続く市街を眺めたり、隣の神社へ入ったり、三々五々と散っていった。

ぼくは一人でベンチに座り、必死に周りを見渡して句を作ろうと努めたが、時間内に出来たものはおよそ愚にもつかぬ句だけであった。

会場に帰ると作品が集められた。選者は佐川雨人氏で、ぼくはこの虚子に似ている温容な老俳人をその時初めて見た。氏は島根大学の英語の講師であったが、それよりも「島根新聞」の俳句欄の選者としての方がより人に知られていた。

ひと通りの選評が終ると、天、地、人の句が決ったが、もちろんぼくのなどどこにもなかった。しかしぼくが見てもそのすべての句はろくなものではなかった。ぼくは句会とその内容が、その程度なものであることを知ってむしろ満足した。

帰りがけ、白い木造洋館の階段を下りていると、後ろから女性が追いかけてきて、先生が、よろしかったら今度の日曜日の午後の八雲旧居の句会に出ませんか、とおっしゃっています、とぼくにことづけた。

身体が小さくても熱心な柔道少年であったぼくが、俳句を読み句作するようになったのは、中学の教科書に載っていた俳句を読んでからであった。教科書には近代の文学者の顔写真が載っていたが、ぼくがもっとも魅かれたのは、啄木と子規であった。啄木はその少年の顔により、子規はあのイガグリ頭の横顔であった。子規の顔。それは子供心にもなにかを感じさせる強烈な個性があった。

受験勉強そっちのけに、ぼくは図書館に行き片っ端から俳句の入門書や俳人の伝記を読んだ。高校に入ってからはますます熱心になり、夏休みと冬休みは図書館にこもりきりで古今の句を読み、自らも一日五句の句作を目標にして励んだ。柔道部は自然とお休みとなり、代りにひとりきりの吟行が始まっていた。少しずつ新聞に投稿も始めていた。

ぼくが句会の新聞記事を読み、それに出席してみようと思ったのは、そうした時だったのである。

二度目が八雲旧居《やくもきゅうきょ》での句会である。

ぼくはその日にそなえ句会の作法の本を読み、虚子編の「季寄せ」を読み、秋の季語を暗記した。その日曜日もまた快晴であった。ぼくは学生服に下駄を履き、「季寄せ」を持って八雲旧居へ行った。

中へ入るのは初めてで入口につっ立っていると、奥から根岸さんのおばあさんが出てきて、どうぞ皆さんもういらっしゃってますよ、といった。奥の部屋に入ると、そこにはすでに十五人ばかりの人が雨人先生を囲んで正座して庭を眺めていた。入口に近い所に、
くはれもす　八雲旧居の秋の蚊に　虚子
の石碑がある。

墨の香りがし、和服姿の先生の両脇には着物の女性の姿が多かった。先日の興雲閣の句会とは雲泥の違いであった。ぼくが席に座ると、先生は一座の人にぼくを紹介した。

「鬼堂君といって、工業高校の学生です。若いけれども良いものを持っていています」

「島根俳壇」に二、三度投稿したことがあり、その度に入選していたので、名前と年令や学校を覚えられていたのであろう。ぼくが鬼堂などという古めかしい俳号を使ったことを、真底恥じたのはこの時であった。しかしそれと同時に、文学というもののありがたさ、広大無辺さ、文学をやる人の心の優しさ、というものを一瞬のうちに感じたのもこの時であった。

ぼくは今でもこの時のことを思うたびに、田舎の有名俳人の佐川雨人氏と、その前に顔を赤らめかしこまって座っている、イガグリ頭の学生服の少年俳人のぼくを、いじらしく又、なつかしくうれしく思うのである。

小泉八雲の愛した家の奥の部屋から見ると、小さな庭の松の向うに、薄く煙りのような雲が流れていた。万年筆を出してぼくは生れて始めて短冊に句を書いた。

夕暮れになっていた。皆はお菓子をいただきお茶を飲んだ。選評などどうでも良かった。良い気分だった。俳句はもうやめだ。ぼくはもっと大きな世界、こんなちまました庭の向う、通りの向う、いや松江の向うに出ていかねばならない。身体がほてるように熱かった。

それがぼくの最後の句会になった。以後、ぼくは二度と雨人先生とも松江の俳人とも会わなかった。雨人先生すでに亡く、ぼくの俳句も記憶の底に消えてしまった。ここにわずかに残った十代の句を誌し、少年俳句抄とする。

春波の埠頭に立ちて夢を追う
片影に憩いて若き詩をしるす
林檎嚙り芭蕉を語る頬若し
父が手も我が手も太し除雪する
オリオンの天駆ける寒夜母と在り

## 子供の世界

### 折紙

八歳の姉が、四歳の弟を呼んでいる。

K助。昨日はんぶんこした折紙を持っておいで。

弟が持ってくると、姉は一枚いちまい子細に検討し、色の綺麗なのを自分に、悪いのを弟に、そしていう。

これではんぶんこ。

次の日。姉はまた弟にいう。

K助。昨日はんぶんこした折紙を持っておいで。

弟が持ってくると、姉は模様の良いのを自分に、汚れたのを弟に、
そしていう。

これではんぶんこ。

次の日。姉はくちゃくちゃになった自分の紙を弟にやる。

弟は喜んで、これA子ちゃんにもらった、とはしゃぐ。

かくして姉の許には色紙が集まり、弟は弟で喜んでいる。

### 画面

姉と弟はゲーム・ウオッチ（注・超小型テレビ画面型液晶表示遊戯器）で遊んでいる。

K助。A子ので遊んだな。ほら画面が薄くなったじゃないか。

弟はつられてつい正直に答える。

ちょっとだけやっただけ。

駄目。一分やったら一分分電池よこしな。

電池なんてないよ。

じゃ貯金よこしな。

弟は泣きながら貯金箱を手に持っていう。

そんなことというから、貯金箱薄くなったじゃないか。

ぎゃくしゅうは成功し、姉は黙る。

**手品**

ぱんぱかぱーん。これから手品を行いまーす。まずこの紐を首に懸けます。

それからこの端を引っ張ってとります。げっ。とれない。まあいいや。ほら首飾りになりました。はい。ぱちぱちは。

隣りの部屋で弟が手を叩く。今度は弟の番である。

ぱんぱかぱーん。ほらとれた。

みると、きれいに輪になって紐がとれている。

できたじゃない！　どうやったの。

弟もわからない。こうやって、ああやってと、しばらく二人でやっているが、それもその内あきてしまう。

**童話**

ラブとリアとドナは仲良しでした。三人そろって森へ行きました。そこでフンに出合いました。フンは魔法使いでした。**フン**と大きな声でいうと三人は、森永ラブとロッテリアとマクドナルドになりました。みんなでハンバーガーを食べて、とってもしあわせでした。

## 三角セキ計算法

二十歳か二十一歳かであった。私はその年の夏、岩手の宮古港で漁船の冷凍機の修理中にアンモニアガスの噴出に遭い、両眼を一時失明し、宮古病院と東京の船員保険病院で治療し、やっと直ったばかりであった。

秋の素晴らしい快晴の日であった。朝、会社に行くと課長に呼ばれ、山形の天童《てんどう》に工事中の井戸を見てこいといわれた。出張の用意といっても私は工事課員であるので、カバンや下着類はすべて会社に置いてある。下宿に帰る必要はなく、身体ひとつで汽車に乗れば良かった。

その晩の奥羽本線の夜行に乗ると、天童には昼前に着いた。奥羽本線は初めてだった。改札口に立っていると、教えられた会社の封筒を持った色の黒い年配の男がタクシーから降りて近づき、私の会社の名を呼んだ。それが井戸掘り屋の社長で、うなずくと私はタクシーに乗せられ天童温泉へと向った。

仕事はわけありませんから温泉で酒でも呑みましょう、というので、私達は大きな将棋を形どった風呂に入り、広い宴会場のような部屋で酒を呑んだ。前夜は上野駅で買った文庫本のドストエフスキーの「賭博者」を読んでいたので、寝不足の私はすぐ酔っぱらい、食事を終えた時はもう仕事などどうでも良くなっていた。

現場は町はずれの山のふもとにあった。まだ整地の終ったたけの工場用地の一部に、汚れたテントがあり、その横にボーリング用の櫓が組まれていた。四、五人の男がポンプやモーターに取りついて作業していた。近寄って見ると、二メートル角程の水槽があり、その一端から透明な水が勢い良くあふれていた。その三角セキによって井戸の湧水量を簡単に知ることができるのである。それは次の絵のようなものである。

Hがわかれば表によって水量を知ることができる。私は近寄って折れ尺をあてた。

というといかにも知っているようだが、実は私は出張の前に課長から絵と表を渡されて教わっていたのである。

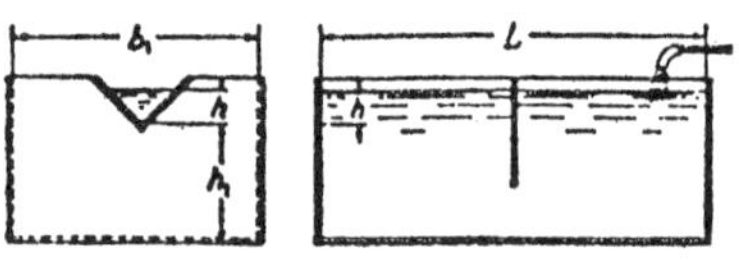

三角セキ

私はまったく知らなかった。私のしぐさを見た社長は笑って、もう測定は計算書にして出してありますから、それをお持ちになって下さい、といい、ボーリングの標本もあります。とテントから縦長のガラスの箱と計算書を持ってこさせた。箱の中には各深さ毎の地層の石や砂がきれいに入れてあった。保健所の水質検査書もあった。

それだけもらえば私の出張は終りであった。遠くの山並みに夕暮れがしのび寄っていた。呑みすぎているうちに夕方になっていた。国道の両脇の田園《たんぼ》では稲穂が秋風にゆれていた。社長はハイヤーを呼び、私達は今度は駅前の料理屋へ行った。帰京の汽車の時間までにはまだ間があった。私はその頃は見知らぬ人とはうまく話すことができなかった。昼もしゃべらなかったが、ここでも私は黙って呑んでいた。料理がそろった時、突然、社長は真面目な顔になり畳に手をつけると私に向って、「今日は失礼しました。決してあなたを呑ませてごまかそうとしたんじゃない。あなたの素直なところが気にいった。あなたは若いけど頼もしそうだ。どうです。うちの会社に来ませんか。いまの給料の三倍以上出しましょう。うちの連中は高給取りです。私の会社のヤハタというのはアラビア語にも通じるのです。私はサウジや南米で井戸や石油を掘った。これからは小さくても世界が相手ですよ。決して悪いようにはしません」といった。

私が驚いて、私は優秀なエンジニアでもなんでもなく、課長がいったのならそれはホラであって、実際は私のへまもあって事故を起していること、それにいまは井戸掘りになる気もないことを告げた。私の言葉を聞くと、社長は手をうって、わかりました、もう決していいません、それでは大いに呑みましょう、と笑った。それから二人でまた呑んだ。

社長の外国の話しを聞きながら私は思っていた。アラビアの砂漠もいいではないか。南米の大草原も悪くはない。井戸掘りも面白いぞ。私は三角セキからあふれて流れる透明な水を思い浮べた。こんこんとあふれてつきぬ流れがそこにあった。同じように胸の内からこんこんとあふれでるなにかがあった。私はまだ二十代の始めである。どんな人生でも可能なのだ。

しかし私は酔っぱらって夜行列車に乗っていた。お土産の料理の折詰と計算書と地層標本がカバンに入っていた。ドストエフスキーを読むまでもなく、私は横になって眠りこんだ。朝、もうろうとした頭で上野駅に着いてカバンの中を見ると、枕にして寝ていたのかガラス箱のガラスがバラバラに割れ、地層標本の石や土は散乱してカバンの底にあった。

慄然とする

ぼくが初めて買った詩集は
菱山修三詩集『定本懸崖・荒地』だった。
松江の殿町の古本屋の棚の奥でその本は、
薄汚れて埃を被っていた。

その菱山修三氏を
初めて見ることができた
ある出版記念会の休憩時、ぼくは
氏がトイレへ行く後をつけ
洗面所で、
用を終えて出てきた氏に名を名乗りこういった。
——詩集の礼状ありがとうございます
　先生のおハガキのお言葉は
　一生忘れないつもりです

するとぼくが幾多の本の写真で見た
秀麗な青年詩人の面影を残した
体軀雄偉な菱山氏は
チビのぼくを見おろしながら小声でいった。
——それはどうも……がんばって下さい
ズボンの前ボタンもかけぬまま出て行った。

出版記念会なんか出るものではない。
幸いぼくにはその気づかいはないが
いつ何処でトイレの前に
待ちかまえているものが
いないとは限らない。
ぼくはいまでも覚えている
二十二歳で出したぼくの最初の詩集
への菱山修三氏の礼状の一節
——読むほどに慄然としました……。
慄然とする！

## 東京は良い

ぼくがしみじみ
ああ東京はいいな、と思うのは
たとえば
次のような情景です。

冬晴れの日曜日、
風の無い午後の児童公園のグランドで
野球帽を被った小学校二年の男の子が
一人でボールを投げています。
そこへ近所の同級生のシノ君がやってくると
黙ってボールを拾い
持ってきたバットをかまえていいました。
——イカワんちの田舎、東京？
——そう。
——ウチもそう。
打ったボールが飛んだ空の向うには
ちいさな富士山が見えています。

この情景がなぜ、東京は良い、ということと
結びつくのだと思うひとは、一度
想像の中で二人の子供を好きなだけ
遊ばせてやって下さい。
陽がかげり、
グランドの金網の上の風呂屋の煙突から
もくもくと黒い煙りが出る頃まで——。

## ハマイバの鱒釣り

ハマイバといっても、知っている人は少ないであろう。中央本線を大月で降り、バスで真木《まき》鉱泉へ行き、更に真木川に沿って上ると、少し平坦な所に数軒の民宿がある。そこがハマイバと呼ばれる所で、川を利用しての鱒釣りが行われるので、ほとんどは車で行く釣り人が利用している。渓谷に沿って高い所にジープで通れる程の道路があり、上流は湯の沢峠を経て遠く大菩薩に至るが、見透

しはまったく悪く、魚釣り以外にはすることもない。但しどの宿も鉱泉の水量は豊かで、猪鍋（何処でも出すが何処にも猪など飼ってはいない。）もまたうまい。

「ハマイバ荘」に泊ったのはかなり前のことで、その頃仕事をしていた仲間の会社の釣り大会についていったのが最初である。私はその時、生れて初めて鱒釣りをしたが、他の連中が数十匹釣っている中、私の釣果はたった二匹で、皆の失笑を買ったのであった。

その夜の宴会では、私の当日の釣りの罰として「どじょうすくい」を踊らされ、酒と歌に疲れて、寝についたのは夜中であった。ひと眠りしたあとで眼が覚めた。大酒に酔った時はよくそうなるのである。私は風呂に入ってなかったことに気付き、部屋を出た。実に寝ていたのは私一人で、皆は隣室で麻雀のまっ最中であった。

二十畳程の浴室にはひと一人いず、谷に向って展けたガラス窓の向うは、墨を流したように黒く、ただ湯のあふれる音だけがした。湯は透明で、タイルの大浴槽は新しく気持良かった。私が足を伸ばし、酔った頭を冷やしていると、隣りの小浴室から話し声が聞えてきた。

——お母さん。私の病気ほんとに直るの。

それは、小学生位の子供の声で、続いて母親らしい低い声が聞えた。

——大丈夫よ。先生も治るとおっしゃったでしょ。運動もしていいんだって。

——釣りが終ったら、またお父さんと病院へ行くの。

——もう一度だけよ。心配ないわよ。

そして、あとは湯をかぶる音がした。

私は暗然とした。この会話は、私と娘との会話であった。としてもおかしくはなかった。私にももっと小さかったが、先天性の病気の子供がいて、それはどうやらその中では一番軽いものらしかったが、それでもあと二年もすれば、手術をするかどうかの所にきていたのである。私はしかし医者の誤診を信じていた。心電図もレントゲンも信じなかった。私は運命だけを信じた。必ずきっと自然に直ると。子供の顔を見るたびに、私は確信した。きっと直る、と。

……私は音を立てないようにそっと部屋に戻った。寝床の中で私は祈った。あの子もきっと治る――と。

それから二年経った。私は今度は大きな会社相手の仕事をするようになり、以前つきあっていた会社の人達とは、足が遠のくようになった。それでも、春秋の旅行には一緒に出かけた。「ハマイバ荘」に二度目に泊ったのも、その旅行である。その日は前日が大雨で、出発が危ぶまれたが、朝になってみると快晴であった。前回はバスだったが、今度は車だった。夕方早めに宿に着くと、夜は大宴会となった。その会社も社員が増え、二十人がいまでは三十人程にもなっていた。私はまたもや「どじょうすくい」を踊り、大酒を呑み、くたくたに疲れて、風呂にも入らず寝てしまった。

翌朝。私達は五時に起き、すぐ下の川に釣りに出かけた。鱒は花火を合図に、すぐ上のダムのような所から、九時頃放流されるので、そんな時間に行っても、天然の鱒以外は前日の釣り残しがいるだけで、それらのしたたかな連中は、私のエサなどにかかるわけがなかった。それでも私は良かった。私のまわりには、渓流の水の流れや、水面をかすめて飛ぶ小鳥や、木の葉や、風のそよぎがあった。大気の芳しい匂り、十月の日光が肌に冷たく射した。私はエサのイクラの生臭い臭いをかぎ、流れに指をひたして洗った。その底まで透き通った液体は、水と呼ばれるものとはまったく別の物体のようであった。

エサを使い果たすと、私は宿の近くの焚火にあたりに行った。その時である。少女とその両親が、車に乗る所が見えた。母親が宿の人にお礼をいっていたが、その声は二年前の夜、あの浴室で聞いた声であった。ドアは閉まり、車は去った。

――病気どうしたの。良くなったの。

――うん。お医者さんがね。もうここには来なくて良いといわれたの。自然に治ったのですって。だから、いままで病院へ行ってたことは、誰にも内緒にしなさいって。

――よかったね。治ってよかったね。もう、一生だいじょうぶだよ。よかったね。ほんとによかった。

私は心につぶやいた。これは私と娘の会話である。私の娘は二年前、奇蹟的に自然治癒していた。この会話はその時の医者との会話であった。私は運命を信じた。いな、運命以外は信じなかった。

　車が谷に懸った橋の紅葉の木々の間に消えてゆくのが見えた。あの子もきっと治ったのだ。勇気が出てきた。私は上流の方へ行ってみようと思った。落葉を踏んで暗い道を行くと、明るい河原があり、キャンピングカーが数台とまっていた。何人かの若者が私に挨拶をかわした。私はさらに上流へ向った。

　道は少しづつ上りになり、樹々が太くなった。陽の射さない林道では、古い樹皮の匂いがした。ひと周り円をえがいて上ると、突然パッと視界が広けた。展望所のような所だった。次になにやら大声でうなるお経のような音が聞えた。なんだろうと近寄ってみると、営林署の看板を背に、十人程の男女の老人が、詩吟をうたっているのだった。よく聞くと、「べんせい・しゅくしゅく……」と聞える。一章節毎に大声で、胸をはって、一列に並び、まるで幼稚園の子供のようにうたっていた。

　私もうたいたくなった。声をはりあげて、いまや私も大声で、「べんせい・しゅくしゅく」とうたっているのだった。うたっていると、肺の中まで、木の葉の色がしみとおってくるのだった。

## 創作と実見

I

高校の国語の時間、
『太郎を眠らせ、太郎の屋根に雪降りつむ。
次郎を眠らせ、次郎の屋根に雪降りつむ。』
三好達治の『雪』が朗読されると、
それまで眠っていた伊豆原真太郎は
隣席の双子の雄次郎をつっついて起こした。
「これは創作ではなく実見です」
とS氏はいった。

2

田舎の叔父のお通夜の最中、
隣りに座った三十年振りに会った従姉《いとこ》が
不意に
「わたし、あなたの詩、覚えているわ」
といった。そして小声でささやいた。
『村・今日もポストに魚が入っている』
びっくりしたぼくは、
手に持っていた焼香台を
ひっくり返してしまった。

3

早慶戦が終った夜の満員電車の中で、
ぼくの友人のI君は
隣りに立った
青柳瑞穂氏の耳もとで
「ぼくは先生の
『乳房・この感覚の呼びリン』
という詩が好きです」
といった。
すると青柳氏は急にどぎまぎしてI君を見、
「ぼくの一番良いのは『丘の上』です」
といった、という。

＊『丘の上』は慶応大学の応援歌

## 葉巻

赤坂の特許事務所でアルバイトしていた時のことである。

その当時、そのビルには佐藤栄作氏の事務所があった。まだ首相になる前で、大臣や党の要職から身を引き、密かに次の機会を窺っていた時だと思う。

一度はトイレで一緒になった。私が氏の方を見ながら用を足していると、氏はなんだこの小僧、という風な例の顔でこちらをギロリと睨んだ。私は並んで手を洗った。

次はエレベーターで一緒になった。その時も氏は付き人もなく、ひとりっきりで、濃紺の縞の背広を着て、口に葉巻を咥えていた。薄い煙りと葉巻特有の甘い香りがエレベーターの中に漂っていた。

私は「エレベーター内は禁煙です」といおうとしたが、いえず黙った。氏は口を尖らせている私を見て、例の顔でソッポをむいた。十日程で私はそのビルを去った。私は当時金が無く、新聞に給料週払いとあったのでそこに行ったのだが、仕事はテレビの姿図をカラス口でトレースするもので、私は何度も失敗し、十日経っても一枚も完成できなかった。秋なのに半袖のシャツを着て震えている私を見て、所長は哀れんで二週間分の給料を払ってくれた。

アパートで、走りだしたくなるような気持に駆られながら、ただごろごろしているしかなかった頃、私は良く空想した。……あの時エレベーターで佐藤氏に声をかけていたら、どうなったろう、と。氏は見どころのある奴と私を拾ってくれたかもしれない。それを機会に氏の事務所で働けたかもしれない。それからそれから私の空想は尽きなかった。

ずっと後になって、私はまた別の空想をした。……私があの時、「禁煙です」といえば、氏は黙って葉巻を消し「ありがとう」と素直に答えたであろう――と。

## 石原裕次郎

赤木君
石原裕次郎が死んだ
あの日ぼくの隣りで呑んでいた女は
お通夜に行かなくてはといった
奥さん（北原三枝だ！）に娘同然に
可愛がってもらったからだという
家出少女のちんけな女のいってることは
まったく嘘だがぼくは許した
裕次郎が死んだからだ

高校生の時

きみは自転車で息せき切ってやってきて
『風速四十メートル』を見たか
俺は絶対に建築技師か土木技師になるぞ
興奮してしゃべり次の『赤い波止場』も必ず見ようぜと
　帰っていった
『嵐を呼ぶ男』以来何回やってきたことか
ぼくたちはみな慎太郎刈りだった

ぼくが大阪で造船所に勤め
船台の上で『錆びたナイフ』を唄っていた時
きみは大阪の大学の土木部に入り
ミナミのダンモ喫茶でこれからは
モダン・ジャズの時代だといった
ジーパンをはき二本指で短い煙草をつまんだ
『鷲と鷹』の真似だった

大阪なんか馬鹿くさいぜ東京へ行くぞ
とぼくが会社をやめて上京し
泊る所もなく転々としていると
ハガキを読んだ赤木君も興奮して大学をやめ
東京へ行くと書いてきた
「住所不定・無職」だって！　ちくしょう最高じゃない
か
「電話ボックスで寝てる」だと！『泣かせるぜ』

世田谷の下宿を夜逃げする時
赤木君が手伝ってくれた
タクシーに荷物を積み込み告げた行き先は
都立大学の鮫州学生寮
『明日は明日の風が吹く』
大学の寮で大学生でもないぼくは
ひとの布団を被って寝ていた
そして唄っていたぼくのテーマソング
『俺は待ってるぜ』
マンガの脇役折葉松輝のように
ぼくもなにかを待っていたのだろう
春休みになると学生は田舎へ帰っていった
誰もいなくなった部屋を掃除しぼくは

便所のサンダルをはいて新聞広告の会社の
面接を受けにいった

赤木君
あれからずっと会っていないな
裕次郎が死んだ日ぼくは猛烈にきみに
会いたくなった呑みたくなった
太っているだろうきみを
見たくなった！

嘘

父は小学生だった。
学校から帰ると母の畑を手伝っていた
その日、生れて初めて砲声を聞いた。
遠い海の彼方からの振動を耳にするや父は
たまらず村の墓地のある丘に向った。
そこからは眼下に海が見渡せる……

一九〇五年五月二十七日　ツシマ沖に於て
ロシア・バルチック艦隊旗艦「スワロフ」は
敵前一斉回頭を終えた
日本・連合艦隊旗艦「三笠」に対し
午後二時〇八分砲撃を開始した。
世にいう「日本海海戦」である
戦闘はおよそ五時間行われ、砲声は終日
遠く山口・島根・鳥取の海岸にまで届いた。
砲声とどろく間
小学生の父は墓地に立ちつくし
白波の立つはるか彼方の島影を見やりつつ
ひたすらに祖国の勝利を祈りつづけた。

ぼくは小学生だった。
夏休み、父の田舎の村の海岸で
伝馬船を漕ぎ出して遊んでいた。
その日、夕闇がせまる頃沖合に突如
白い大きな客船が現われた。
船腹の「赤十字」が眼に入る間もなく

白い船はひっそりと
村人の誰一人気付かぬうちに
島影の間を通りすぎていった。
誰が乗っているのだろう
夜、ぼくは眠れぬままに
不思議の国のゆうれい船について想像した。
どこに行くのだろう――と
その故国へ急ぐ引揚船「興安丸」の
灯りを点けた船底の客室には
眠れぬままに故国を想像している
ぼくと同じ年頃の
少年少女もいたのだが……。

## ぼくの履歴書

さし出した履歴書を受取ると
片腕のない監督は
父母の名を尋ねた。
ぼくがどもっていえないでいると
――いいさ　ひとにはいえないこともある
と名簿のその個所に棒を引いた。
「東京タワー」の階段の清掃が
新聞広告で見つけた
ぼくの仕事だった。
掃きながら一段ずつ上って行くと
東京ははてもなく拡がっていた。
ここにどうかして一年でも
住めないものだろうか……
夕暮れになると遠く近く街の灯が
またたいた。
作業服をたたんで返しに行き
――やめます
と小声でいうと片腕の監督は
机の上に置かれたままになっていた履歴書を
なにもいわずに返してくれた。

（『待ちましょう』一九八九年思潮社刊）

詩集〈そして、船は行く〉全篇

## そして船は行く

『そして船は行く』というのは
フェリーニの映画の題名ですが
映画の題名では傑作中の傑作だと
あるひとがいいました。
(私もそう思います)

少年時代　わが家の前には川があり
そこには夕暮れには
舷灯を赤く灯した大型の
木造貨物船が停泊していました。
それがわが家の誇る『筑前丸』で
(私の家は船会社を営んでいました)
いつもは外海に出ていないのですが
休みの間だけは
川に泊まっていたのです

小雪の降る日　甲板は白く
ブリッジの人影に向かって
少年の私が岸から叫んでいました
「船長さん　ごはんですよ」
人声が聞こえ　暗くなった背景から
伝馬船がこちらに向かって水面を
すべるようにやってきます
櫓をこぐ機関士　座って手を振っている船長さん
優しかった飯炊きのおじさん
そして船は行き……
ある大雪の夜
荒波の日本海で沈没してしまいました。

朝の新聞で
傾いて倒れているマストだけの
わが家の船の写真を見ると
遅くなった朝食をひとりで食べ

風の強い橋の上を
倒れないように
しっかりと自転車をこいで
学校へ急ぎました
それは私の
高校受験の願書を出す日なのでした。

## 砂丘

そこに着いたらぼくたちは
みんな大声で叫ぶつもりだった
だから砂山を上がったり下ったり
ついにいちばん高い砂丘の上に立ち
下を眺めた時の
失望といったらなかった。

そこに在ったのは
一面に拡がる砂漠ではなく
不精髭のように疎らに生えた灌木と
汚れた小さな水溜まり
低い柵の向こうに白い波頭の見える
見慣れた海原だった。
これが一週間もかけて計画した
旅行の結論だったのだ。

刺の生えた草をよけて座り
ぼくたちは
ぬるいサイダーを回し飲みし
また一時間以上をかけて歩いて
夕暮れの駅に戻った。

――人生ハ美シクナケレバナラナイ

汽車が来るまで時間があったので
ぼくたちは
土産物屋でおもちゃの刀を買い
駅前の広場でチャンバラをした

空には間抜けなコウモリが飛んでいて
それはそれは美しい夕焼けであった。

町の噂

雪が溶けて
柳が芽吹く頃になると
町の人々はうきうきして
橋の上を往ったり来たりするのだった。

船着場では
連絡船が運行を開始し
見送りの人も送られる人も
ハンカチや帽子を振って
別れを惜しんだ。

神社の裏にはいつものように
サーカスが来た
そのうえ今年は
女のオートバイ乗りが来るというので
大人たちはそわそわしていた。

子供たちの間では
高校生どうしが
美人のバスの車掌をめぐって決闘し
一人が死んだという
大事件の話でもちきりだった。

少年の家でも
三年前に手に手を取り合って駆け落ちした
家庭教師と若い女中が
何処やらの山奥のダムの工事現場で
仲良く働いているという噂を
母や姉がひそひそ声で話していた。

一方　受験に破れた少年は
机に向かって本を拡げながら密かに

年上の女に失恋し
大都会の片隅で
鳥のように零落している
未来の自分自身の姿を想像し
うっとりとして頬杖をついていた。

## 淡雪

「お前は見た」と彼女は答えた。

「密告するんだろう！」

そして驚くほどの力で私を舟ばたにつきたおした。

——レールモントフ『タマーニ』

田部君は万引の名人だった。少なくともぼくら工業高校の同級生の間では、一番の凄腕であった。彼の万引の特徴はその大胆不敵なところにあった。ぼくは彼が黒い学生服のままで洋品店に入り幾つかのマフラーを見てから平然とその一つを首に巻き、外へ出たのを覚えている。

ある時は本屋に入り、手頃の本を片腕に抱えてそのままレジの前を通り、空いた片手でドアを押して出ていった。バスの中でも本を抱えたままで、表紙すら見ていなかった。そのためその豪華版美術全集は質屋に持って行けず、下宿の本棚に飾られたままだった。

彼が採った最大のものは、タバコ屋に置いてあったぎっしりタバコのつまった透明なガラス球で、彼はそれを老婆が釣り銭を取りに奥に行った隙に担ぎだし、下宿に持って帰った。ギターの横に置かれたガラス球からは、時折タバコが取り出され、驚異の眼で見ている同級生の手に渡されるのであった。

卒業式が近づき、ぼくらのほとんどは都会の工場に就職が決まった。田部君は何処を受けても駄目で、田舎の農機具商会を継ぐことになった。学校の帰りにタバコを吸い、ギターを鳴らした彼の下宿ももう終わりだった。三月の夕。「最後にお前にいいものをとっちゃる」と彼はいった。

外は淡雪だった。道路は白と黒のまだら模様で、商店街の街灯のオレンジ色の薄明かりだけが春の気配を感じさせたが、その傘の上にも白い雪片が舞い降りていた。ぼくらはその頃流行っていた白と紺の裏表着られるリバーシブルコートを着ていた。しばらく歩き、市で一番大きな金物屋の前で立ち止まると、紺のコートの田部君はぼくにいった。「お前は顔を知られちょるけん、外で見張っちょれや」

隣りのビルの陰から見ていると、入口でトントンとゴム長靴の雪を落としている田部君が見えた。平気で女店員の顔を見て、ナイフのケースを指さしている。女店員はケースを開け、ナイフをケース台の上に置いた。田部君はなにかいいながらナイフを触っている。そして何気なく革の手袋を脱いでケース台の上に置いた。次の瞬間折りたたみナイフの一つはその手袋の中にすっと入っていた。

安物のナイフが買われ、女店員がそれを包んでいる間、田部君はこちらを見て笑った。ポケットに手を突っ込み外へ出ると、バス停へ向かった。ドキドキして見ていても店の中にはなんの変化もなかった。

突然！ 車の音がした。「あっ…」とその方を見ると、いつの間に裏返したのか白いコートを着た田部君が、ちょうどやってきたバスに乗り込み、今しもその姿を消すところであった。

## 母の名前

小学校に入る時
面接試験があった。

簡単な試験でその一つは
二枚の機関車の絵を見て正誤を当てるものであった。
進行方向のトンネルの方へ煙が流れているものと
汽車の後方へ煙がたなびいているものとである
もちろん私はトンネルの方を選び
得意気に後ろに座っていた母を見たという
問題はもう一つの方で
自分の住所と父母の名前を言わせるものであった。

住所の方はすぐ答えた
父親の名前もすぐ言えた
母親の名前になった時　私は急に黙ってしまい
何回も聞かれた後やっとわかって　オイ
と答えた。
いつも父が母を呼ぶ時
オイオイ　といっているのを
思い出したのだ。

家に帰って母は
居合わせた姉に
なんて情けない　と泣いて語ったという
自分の親の名前も知らないなんて――
私は私で
初めて母に名前があったことを知って
驚いていたのだ。

## 燕の来る町

実家にいると母は
一段とお喋りになりよく食べた。
そこは駅裏の小さな家で
うちの家の半分もなかった。
祖父と叔母がいて
ひっきりなしに
小学生の私にお茶とお菓子をいれてくれた。

私はその頃トラホームに罹っていて
母の実家の近くの病院に通っていた。
そこは古い病院で年とった先生がいて
冷たい液体で何度も何度も眼を洗われた。
終わって眼帯をつけると
母が迎えに来ていた。

手をつないで歩いている時
燕が飛んできた。

病院の向かいの家の軒の下に入って行く
――燕がいるよ
――昔から燕が来る家はいい家というわねえ
　燕が来る町も
　戦争中は燕も来んかった

私は知っていた。
燕が入っていった家は決して
いい家なんかではないことを
戦争に行ってお父さんがいない家
お母さんが毎日車を引っ張って
魚を売りにうちの家に来ること
妹の同級生で
ワルで評判の男の子の家だということを
外出着の母は埃だらけの道を気にして
先に立って歩いている
振り返り振り返り眼帯をとって
私は燕を見ている。

## 貧窮問答

その手紙をもらった老人ホームは
駅から更にバスで三十分の国道沿いの
ひょろ痩せた松林の中にあった
母に会うのは一年ぶり
数え年九十歳の母はぬいぐるみの猫を抱いて
ベッドに座って待っていた
五十五歳の私はその横に座って
駅で買った水羊羹を食べながら話をする

――とうとうここに落ち着きそうだがここがいちばんい
　いわ
　食べ物はおいしいし風呂も入れてもらえるし
　この前の所は景色が良くても山の中だけん
　その前の見に行った所は隣が墓地で気色悪かった
――仕送りが少ない分この辺で我慢してもらわにゃあ
　一緒に住みたくてもうちには家がないし
――それだがね　兄弟で家を持っておらんのはお前だけ

だが
お父さんがよう言っとられた　学校も出んで
家も建てられんと　蝸牛でもヤドカリでも家がある
のにと
――家欲しかったなあ　でももう駄目だろうな
――そげなこと言わずこれから頑張らにゃあいけんよ
毎月宝クジでも買わんといけんよ
――宝クジはいつも買っちょる
――ほんとに家さえあればねえ――
家がなくても私はお父さんの墓に入るからいいけど
お前は墓も持たんけん　人間墓がないと心配でいけ
んよ
――墓なんかあの向こうの山あたりに行けば幾らでも
安く手に入るわ
――幾つになっても気休めばっかりいう　ありゃ山じゃ
ない
雲だがね　お前も年とって惚けちゃいかんが
雲カ山カ呉カ越カ　人間至ル所青山アリ

葛西善蔵はいった「人間墳墓の地を忘れてはいけない」
忘れてはいませんいつだって
だがしかしだがしかし
最近私の考えることはただ一つ
その日も帰って考えた
――ボクハドコデ死ヌノダロウ
生マレタ所ガ故郷ナラバ
死ヌル所モ故郷ナノダ

## 春色母子風景

なんでもいいからというと
うどんでいいという。
せっかくの外出でデパートで食べるのだから
うなぎにでもしたらというと
うなぎでいいという。
うなぎを時間をかけて食べ終わると
ほんとうはおだんごが食べたかったという。

そこで外へ出て甘い物屋で
おだんごを食べる　ここでは
九十歳の母は五十六歳の息子に
えんえんと話をする　それも
自分のことだけ。
自分の置かれた境遇についてのことだけ。
息子の仕事のことは聞かない
聞いてもわからないから。
息子の家庭のことも少し聞くだけ
聞いても忘れてしまうから
もうそんなに会えないのに
もうそんなに時間はないのに
どうして二人はいつも
つまらない話ばかりするのだろう——。

話終わると疲れて
バス停のベンチに座って居眠りをする。
それから老人ホームへ
ひとりでバスに乗って帰って行く。

＊

## 歌謡曲

雪が半年降る青森で
仕事をしていた二十二歳の頃
夜になると毎日のように行っていた
連絡船の駅に近い飲み屋に
頬の赤い若い娘がいました。

スミちゃんは歌手志望で実際歌がうまく
流しをオゴルと何曲でも歌って
お客を困らせました
レコードの出だしを聞いただけで
これは売れるか売れないか判断できました。

「この歌手はものになる」といったのが
北島三郎という名の新人の『なみだ船』で
毎日何回も聞かされたので
ずっと後になって東京に帰ってからもどこでも
この曲が口に出てくるので困ったほどでした。

そのスミちゃんがある朝　「東京に行って
美空ひばりちゃんのような歌手になります」
と書き置きして流しのギター弾きと
いなくなってしまいました。
「いいんだよ　半年もすればまたここに
戻ってくるから」
とオカミさんはいいましたが　そのとおり
半年後にカウンターの奥に入ったスミちゃんは
変わらぬ声で歌っていました。
『あの日の船はもう来ない』

＊「なみだ船」昭和三十七年
星野哲郎作詞　船村徹作曲
北島三郎歌
＊「あの日の船はもう来ない」昭和三十年
西沢爽作詞　上原げんと作曲
美空ひばり歌

## 雨の降る品川駅の裏のバー

『アカシアの雨がやむとき』という歌が
流行っていた頃
雨の降る品川駅の横の路地裏に
急な階段を上って行く
小さなバーがありました。

ボーナスが入った日
F君とぼくはその店で
ハイボール二三杯呑んだだけで
有り金全部まきあげられ

二人して階段を転げ落ちました。

「なつかしいからお会いしたい」
と書いてきた田舎の中学の
同級生のホステスはお休みしてて
F君やけくそで歌ってた。
「このまま死んでしまいたい」

「なんというだらしない後輩だ」
と怒ったSさんがその店に乗り込み
返り討ちにあっている頃
ぼくはバスの
後部座席に座っていて
なにげなく手を入れた背もたれの隙間に
まきあげられたと同額の金の入った財布を見つけ
思わず
「ぎゃ」と叫びそうになっていました。

＊「アカシアの雨がやむとき」昭和三十五年

木下かおる作詞　藤原秀行作曲
西田佐知子歌

## ゴシップ歌謡曲

無名になった時のことを考えると犬は飼えない　森進一

青江三奈は哀し。いつ見ても同じ髪型。金粉や銀粉が光る不思議な髪。寝る時ものどにガーゼを巻くというそのこころがけも哀し。

藤圭子は哀し。盲目の母がいるという。さすらい流れた幼い日々があるという。川端康成がテレビで見て、会いたいというので鎌倉の川端邸で肩たたきをしたという。その話もまた哀し。藤圭子が好きだったという川端先生も哀し。

こまどり姉妹は哀し。再起の望みのない病とか。疲れた厚化粧と、良ければ良いほど目立つ着物と。「見る度に不快だ」という学生が多かったのも哀し。人情紙のごとし。浅草も哀し。

淡谷のり子も哀し。わが友Iがアルバイトで楽屋にコーヒーを届けると、女史が老眼鏡をかけひとり毛糸の編み物をしていたという。女史の手元の毛糸の色哀し。

都はるみも哀し。こども時から歌をうまく歌えぬと、おやつももらえなかったという。うなり声と小節を出すのに何度も喉をつぶしたという。最上級の着物も哀し。

菅原ツヅ子も哀し。あの奇妙な節まわし。古賀政男の養女になっていたというのも哀し。菅原ツヅ子を養女にした古賀先生の孤独も哀し。

美空ひばりは哀し。奇抜な服装と一筋の涙。天才は哀し。音譜が読めないという話も哀し。自ら下手な作詞をするのが更に哀し。足の痛みをこらえて舞台に立つ最後の日々の昼食はショーチューとチャーシューメンだったという。ああショーチューとチャーシューメン。

＊

赤松

わが母方の祖父M長太郎は
明治十年西南戦争の年の生まれであるが
小学生の時（当時の学制はよくわからないが）
町に新しくやってきた西洋人の噂を聞いた。
なんでもその片目の背の低い異人は
黒い服の背中から尖った尻っ尾を生やし
足は牛に似てひずめがあるという
よしわしが正体を見てきてやる
と祖父は興奮し
近所の子供たちを従え噂の主の家を探した

なんとそれは祖父の家から
百メートルも離れていない堀端の武家屋敷で
うまいことに時刻は夕暮れあたりは暗く
おまけに門の横にはおあつらえ向きに
葉の繁った赤松が
堀を越えて庭に枝を伸ばしているのだった。

庭にはなにやら人影が見える
どれどれと祖父が木に登り中の様子を窺うと
とたんに中から女の悲鳴が聞こえ
男の怒鳴り声がした
あわてて木から滑り降りた祖父の耳に
キモノを着た異人が誰かを呼んでいる外国語が聞こえた。
それにしても祖父の行動は
その年齢を考えるといささか軽率で
子供っぽいといわざるをえない。
(だから孫以外にはそんな話はしなかった)
その怪物の正体はどうせ
すぐにわかったのだから——

この年明治二十四年(一八九一年)
四十歳のラフカディオ・ハーンは
結婚したばかりの夫人小泉節子と
新しく借りたその堀端の家に移ったばかりであった
その秋ハーンは一年三ヶ月の松江の生活に別れを告げ
冬の来る前に熊本に去った。

おなじ頃わが祖父もまた医者になるべく
ハーンのたどって来た道を逆に
歩いて岡山まで行きそこからは鉄道と船で大阪に行き
私立の医学校に入ったが
見習中に指を怪我したので医学を断念し
故郷に帰って工業学校の事務員となって一生を終えた。

## 本屋の小僧

——お客さん　そんなに本が好きなら

うちの店で働かないかね
そう本屋の親爺にいわれたほど
ぼくは本屋に入りびたっていたのだった。
ひどい時は一日に三回も行ったりしていた。
しかしそれは本を見るためではなく
仕事が嫌でサボッて外へ抜け出しても
他に行くところがないためなのだった。
世の中に本屋がなかったらどうしたろうか
だから親爺のせっかくの誘いにもかかわらず
ぼくは本屋の小僧にはならなかった　だいいち
本屋におられなくなったら何処に行けばいいのか
ぼくは川のほとりのベンチに坐って
とほうにくれて頭をかかえている
ぼく自身の姿を
容易に思い浮かべることができたのである。

## 駄目になった。

十代から二十代にかけてぼくは
新聞を読まなかった。
テレビも見なかった。
友人以外と付き合わなかった。
働くようになってもいつもひとりで昼食をとり
ひとのいない所で寝ていた。
服は一着しか持たず靴も一足しかなかった。
一組の布団と洗面用具
引っ越しの時は布団袋をかついで電車に乗った。
本を持たなかった。
ランボー全集と友人の詩集以外なかった。
五人の友と五冊の本がすべてで
月末は本と布団を質に入れ
友人の下宿を転々とした。
空腹が平気だった。
上京して一年間は一日一回
渋谷百軒店で天丼を食べた。

明日がこわくなかった。
何処でも眠れた。
アルバイトをしてものを買うのを軽蔑していた。
死ぬのもこわくなかった。
街を歩いていても電車に乗っていても
いまこの場で死んでもよいと常に考えた。
二十代の初め岩手の宮古港で
漁船の事故で眼が見えなくなった時も
助けだされた病院のベッドに横たわり
わが生涯は詩集一冊出して終われりと思っていた。
助けを求めなかった。
二十代の半ばに香港に渡って
場末の宿で金を使いはたした時も
中国国境の禅寺に行き両親の長寿は祈ったが
自分自身には祈らなかった。

それが駄目になった。

好きな女性ができた。

少しでも一緒にいたくて
とうとう結婚した。
新聞をとった。
背広を買った。
アパートの入口に表札をかかげ
会社に入り名刺を作った。
洗濯のきいた下着を着て
弁当を持ち職場で皆と一緒に食べた。
駄目になった。
子供ができた。
電化製品を揃えた。
お風呂に家族で入った。
あまつさえ
晩酌を覚え
少しずつ太っていった。
駄目になった。
すべて

人生は永い――

「山林に自由存す」

春にはまだ早い二月のある日曜日の午後
急に思い立って家を出て
電車に乗って十五分ほどの花小金井に行き
そこから歩いて小金井公園に向かった。
国木田独歩の「武蔵野」の世界——

このところなぜか独歩に魅かれる。

始めに独歩のことを思い出したのは
雑誌「詩学」の研究会の講師をしていた時であった。
会員の詩に武蔵野の林を詠んだものがあり
それを読んだ時
不意を衝かれたようにしかしとてもいい気分で
子供の時分以来忘れていた独歩を思い出したのだ。
中学の教科書で習った「山林に自由存す」も——
それは私が初めて暗記して級友の前で朗読した詩であった。

——あくがれて虚栄の途にのぼりしより
　十年の月日塵のうちに過ぎぬ

小金井公園までの道は歩くと三十分
あたりは一面小綺麗な住宅が立並び
まるで住宅展示場の見物。
行けども行けども着かない程の芝生と金網の塀
があると思ったらこれは小金井ゴルフ場で
私には縁がない。だいたいこんな冬の日に
広い道路を歩いているのは私くらいで
いま時分車以外ひとっこひとり通っていない

公園にたどり着くと広大な敷地の中に
昔の民家を移築した「江戸東京たてもの園」というのが
あって
私は入園料三百円を払い財閥の三井八郎右衛門邸を見
高橋是清邸に入って二階の寝室に座った。
そこは二・二六事件で老宰相の是清が反乱兵に

斬殺された場所だった。
下のかつての畳の応接間は食堂になっていて
そこで蕎麦とビールをとりながら
私は独歩のことを考えた。

人生いかに生きるか
一生をこの問いに費やし
「春の鳥」の九州佐伯から
雪の北海道「空知川の岸辺」まで放浪し
貧困の中で創作し
啄木が日記に書いているように「この薄幸なる真の詩人
　は、
十年の間人に認められなかった。認められて僅かに三年、
そして死んだ。」独歩の三十七歳の生涯はしかし
実によく戦った生涯であった。
敗れて悔いない生涯である。
それにひきかえお前はなんだ
と私は思った
卑小な安楽とささやかな幸福に満足し
平和な日常に埋没し
――なつかしきわが故郷は何処ぞや
　　彼処にわれは山林の児なりき

そうこうしているうちに
帰るべき故郷もなくしてしまった
もう行くところもないのだからここで
あるがままに生きるしかない
ビールを何本か飲んでいるとチャイムが鳴り
園のお知らせのアナウンスが流れた。
気がつくと食堂には客は私しかいない

外はもう夕暮れだった。
鳥が住処に帰って行く
ここ武蔵野は風が冷たい
薄いコートの衿を立て同じ道をまた歩いて
駅まで帰った。

＊

## 美しいもの
――辻征夫追悼

東京の向島のきみの部屋には古びた壁に
ヘタな字で書かれた詩が貼ってあった

たとえば薔薇　若い死刑囚など
美しいものばかりをぼくは
愛するのです　とあなたは言った

に始まる短詩「美しいもの」
これが初めて自覚して書いたというきみの詩で
きみの家に泊まると
きみは米軍放出品のベッドの上から
ぼくは畳の上に着の身着のままで下から
この詩を見ていたものだった

窓の外は暗くぼくらの未来もまた暗かった
だが壁の詩だけはあの時光り輝いていた。

それから四十年――
美しいものばかりを書き続けたきみは
寒い冬の夜に死に（葬式の日は晴だった）
船橋の火葬場からの帰り道
送迎バスの窓から見ると
畑を隔てた丘のふもとに
カモメのような白い鳥が（海からは遠いのに）
群れているのが見えた
その中の一羽が合図をしたかのように
車をめがけて近づいてきて
ぼくの見ている窓すれすれに
羽を大きくふって別れていった
あれはきみの美しいもの
あれがきみの別れだった。

# 辻のいない世界

昨日浅草に行ってきた。

死んでから一週間と経っていないので
辻征夫の魂はこのあたりをうろついている
だろうと当たりをつけ
地下鉄銀座線浅草駅を
雷門の方へ上り

神谷バーでいつものように呑んで
観音様にお参りして
六区をぶらついて
馬車道の方まで歩いてみた。

いつもだったら行く店が決まってて
ぼくはただキミについて歩いてりゃあよかった
そういえばぼくは一度だって浅草では
キミの前を歩いたことはなかった
どうしてだろうと今は思う

フランス座はもうやってなくて
映画を見る気も起きず
競馬の場外馬券売り場の人込みと
屋台のような店で酒を呑んでいる男女を見ていた
いつものキミのように
それから例の少年時代からのキミのいきつけの蕎麦屋
田川でソバを食べた。
そこでビールを呑んでいると
若き日のキミそっくりの
昭和三十年代の言葉でいうイカレタアンチャンが入って
きて
「ここはウドンある」といった。
キミのよく知っているおかみさんが「ありますよ」とい
うと
アンチャンは連れのこれもイカシタネエチャンに
「あるってよ」といい「オレはソバのオオモリ」といっ
た

するとネエチャンは
（本当はうどんを食べにきたと推測するのだが）
「じゃあアタシもモリにする」といったのだ
その言やよし　蕎麦屋ではソバ食べなくちゃーね
この店はキミが高校生時代に
学校の帰りに学生服をジャンバーに着替え
冬ならマフラーで面体を隠して遊びにでかけた
そのゆかりの店なのだ
よかったよ　二人組　きみたちに幸あらんことを！

店をでると吾妻橋までぶらぶら歩き
橋のたもとの公園から隅田川を眺めた
一月の終わりの東京の冬は温かく
晴れた良い日だった
かもめだか都鳥だかは見当たらないが
河口の方にはきっといっぱいいるだろうよ
キミがバイトしたことがあるというアサヒ・ビールの屋
　上には
巨大な金の玉が架かっているが
あれがキミの霊魂とは
誰も思わないだろう。

（『そして、船は行く』二〇〇一年思潮社刊）

# エッセイ

## 「明日」の時代

丸山辰美の名を初めて見たのは雑誌「若人の友」の詩の投稿欄で、作者は十九歳、ぼくが同年の女性と間違わなかったのは、当時、西川辰美の漫画「おとらさん」を見ていたからである。（後年、ペンネームの由来がそこにあったことを知った。）

昭和三十二年の夏か秋のことで、ぼくは松江工業高校造船科の二年生であった。小学校以来の親友の井原紀雄君と、井原君の松江高校の友人の泉吉之助を加え、三人でガリ版刷りの同人誌「HYŌGA」を出していた。一方で雑誌の投稿欄に詩を投稿していた。当時「詩学」はすでにあったが、その投稿のレベルは高く、出たばかりの「ユリイカ」や「現代詩」は田舎町では見ることができなかった。

そこでぼくはレベルが少し低く同世代の多くいそうな「若人」や「若人の友」に投稿した。人生雑誌風の二誌であったが「若人」の選者は北川冬彦であり、「若人の友」は丸山薫だった！

丸山辰美の詩はぼくの感情に合った。東京・下馬・十九歳となっていたのも気に入った。ぼくは東京に住む文学少年というものを知りたかったのだ。同誌で住所を知ると、ぼくは早速手紙を書き、「HYŌGA」に寄稿してくれるよう頼んだ。

一週間程してから丸山から返事が届いた。ぼくが思っていた大学生ではなく、浪人して予備校に通っているので、作品は多く書けないが、書き次第寄稿すると書いてあり、二編の詩が同封してあった。恐ろしく乱暴な筆跡であったが、詩は素晴らしく甘いものであった。それは「HYŌGA」の次号にぼくの下手なガリ版で載り、丸山をがっかりさせてしまった。

こうしてぼくと丸山の文通が始まった。彼はこの時ぼくより二歳年長で、新潟高校を卒業するまでは詩など書いたこともないスポーツ少年で、東大受験に失敗してから詩を書き出し、どのグループにも所属していないこと、「若人の友」への投稿により二、三の女の子から手紙を受取り、(その内の一人は同性だと信じ切っていた、という。)別に現在つきあっている女の子もいるという、どうもこれは自信過剰の少年には違いなかった。

しかしぼくは丸山の手紙が気に入った。時代はまさに「われらの時代」にきていた。若き石原慎太郎や大江健三郎は、すでに大人も知っている有名な作家であり、ぼくが部長となり勝手に部費を流用して詩集や本を買うのに使っていた文芸部の会誌に書いたぼくのエッセイは「開高健論」であった。(その浪費の功績により、ぼくは卒業時に功労賞をもらう破目になる。)

冬になると文通はペースダウンし、やがて丸山の入試がやってきた。彼はまたも東大に失敗し、ぼくは三年生になった。ぼくはもう詩のことしか考えなくなり、丸山も本格的に詩を書くといってきた。北川冬彦はリルケやランボーに変えられた。井原君も受験にかかり「HYŌGA」は解散状態になった。

秋、丸山の手紙で「世代」という投稿雑誌があり、その関係の「とうもろうグループ」という妙な名の若い詩人の会に入ったことを知った。國井克彦・杉克彦という東京の詩人が中心になって雑誌「明日」を出している。二、三十人いるらしい。先日始めて会合に行き、國井・杉と会った。入会ついでにきみも推薦しておいた云々。

ぼくはこの申し出に飛びついた。杉克彦に手紙を書くと、ていねいな返事が届き、丸山から聞いたといって入会の通知と「明日」が送られてきた。「明日」は三十二年十一月に創刊されていた。実際の発行人は後に思潮社の社長となる小田久郎氏で、「世代」は三十四年六月に創刊される「現代詩手帖」の前身である。氏は「世代」の投稿者の中から次の世代を担う若い詩人を育成しようと心がけていたのだった。

会費と作品を送ると会報が送られてきたが、ぼくらは本誌には載せてもらえず、次号も同様で、会報ばかりに作品が載った。それでもぼくは満足した。なんといってもこれは中央の歴とした活版の詩誌であった。

ぼくはいよいよ最後の時であった。秋からの就職試験で下関と大阪へ行き、大阪の日立造船に決ったことでその仕度もあり、一年間たまっていた勉強もしなければならず、詩どころではなくなっていた。丸山も同様で今度はもう東大一本槍では行かないとあった。

　卒業が近づくと、ぼくは猛烈に東京へ行きたくなった。東京に住めないなら、せめて丸山にだけは会って大阪へ行きたい。そう思うと矢もたてもたまらず、家へは大学へは行かないんだからこれ位は許してくれと金を借り、丸山には手紙を書いた。丸山からは入試の成否には関係なく東京で会おう、といってきた。一日でも多く東京にいたい、と卒業式をボイコットし三月の始めぼくは上京した。

　空気は透きとおり、風は光り輝き、人々はさっそうと歩いていた。これが生れて初めて見る東京で、一日一晩かけて大阪から乗りついできた鈍行列車から降りると、まだ昼前なのだった。電報で知らせた丸山と、これも大阪で電報を打った叔父が出迎えているはずであった。買ったばかりの流行の(ミッチースタイル)Vネックのセーターを着、黒の学生ズボンにボストンバッグをさげて、ぼくがふらふらと丸の内の改札口を出ると、すぐ向うに母そっくりの大男が現われた。それが始めて会った叔父で、叔父は何もいわずぼくのボストンバッグを手にとった。丸山を探さねばとぼくがいうと叔父は、東京駅には改札口が幾つもある、そんな所で待ち合せるのは無茶だ。しかも顔も知らない、写真もない。おれも同じだが、と笑った。

　二人は地下道を通って八重洲口へ行った。次々に探して行くと、一番端の改札口の柵の上にまたがって眼をぎょろつかせているジャンパー姿の青年が見つかった。それが丸山辰美であった。

　上京する前に、念のためにといって自画像が送られてきた。片眼の下に薄いあざがあってすぐわかる、と書いてあった。その彼は、思った通りの声の低い背の高いがっちりした体つきだった。

　三人そろうと電車に乗り大森駅からタクシーで平和島温泉へ行った。すぐ風呂に入り、食事をし酒を飲んだ。よく来た、ともいわず、いつまでいる、ともいわず叔父は黙々と酒を飲んだ。「きみの叔父さんはすごい人だなあ。」と丸山がいった。我々はみな酔っぱらい、夕方、灯りがつき出した町を大井町に行った。叔父は玉電瀬田で降り、同じ電車でぼくと丸山はすぐ先の下馬で降りた。そしてその夜は丸山の下宿に泊った。

　ぼくは兄貴を得た気分だった。それから二週間、毎日、丸山の尻にくっついて歩いた。丸山の入試の発表も見に行った。中央大学と早稲田の法科に両方合格していた。ここでも丸山はふんそんなもんかという顔をした。

大学に受かったので丸山は安心し、下馬の下宿にいる間にいろいろな詩人に会っておこうと、まず「明日」の詩人達と会うことにした。渋谷の「カスミ」に行くと國井・杉がいた。ぼくらはそこで「明日」が近く解散すること、小田氏が「世代」を解散し新しい詩の雑誌を始めるつもりなのを知った。小田氏の家で「明日」の会合が開かれるという。

丸山と世田谷の小田氏の家へ行った。暖かい日でみなはうちとけて話をし、記念写真をとった。（木原孝一氏が「現代詩手帖」の「物語・戦後詩史」の最後にこの写真を引用している。）のちに「銛」で一緒になる國井・杉・野村正己・板井暎子といった人々が写っている。

一人になった時は、ぼくは渋谷の東急デパートの屋上から東京の空を飽かず眺めた。なんとしてもこの町に住みたかったが、入社式からは大阪に住まねばならないのだった。丸山は二つの大学のうちどっちにするか小田さんに相談に行くといい、行ったら早稲田にしろといわれた。あそこなら文学ができるからという。なんだい小田さんも早稲田じゃないか、と笑った。肩をいからせ足早に歩いた。

早稲田に行くことで下井草の下宿も決まり、丸山も一度帰郷する必要があった。ぼくの滞在も終りに近づきつつあった。カミュの肖像写真や安吾全集（全部そろっていない）のある六畳の下宿で、丸山の毛布にくるまりながら、ぼくは夜を徹して語りつづけた。

最後の夜、渋谷で叔父夫婦と丸山とで別れの酒を飲み東京駅で別れた。丸山はひとりで送ってくれた。大阪行終列車の最後尾の車輛から手を振ると、丸山は大声で「井川がんばれ」と叫んだ。叔父に買ってもらった切符をしまうと、窓の外はまっ暗であった。矢のように通り過ぎる電柱の光を見ながら、ぼくが思っていたことは、それはもはや半月前の漠とした少年の悲哀ではなく、働かねばならない社会の定めと、その中で産まれる新しい詩の運命についてであった。


（丸山辰美遺稿詩集『失語宣言』一九八六年九月十二日）

# クヤシイです

## ——丸山辰美と杉克彦

杉さんが死んだのは昭和四十六年で三十七歳。いっぽうの丸山が死んだのは、昭和六十年で四十七歳であった。彼らの年で死ぬのをはたして夭折といえるのであろうか?

「人生バンド」という物差しがある。これはそのひとの死んだ年を、当時の平均寿命で割って人生比率を出すものである。たとえば明治の啄木は二十七歳で死んだが、それを当時の平均寿命四十歳との比率にすると〇・六七五になり、これを現在の平均寿命七十六歳にかけるとなんと五十一歳(私の年だ)になるのである。

昭和十年代に三十歳で死んだ中原中也も、当時の平均寿命五十歳で計算すると四十五歳になる。

これを実感として夭折感を変えたのが、寺山修司であり美空ひばりである。寺山さんが夭折なら丸山だって、いや杉さんなど立派な夭折である。

しかしいくら早く死んでも、詩人でなければこんなところにとりあげられはすまい。丸山だって杉さんだって詩を書き、幾らかでも周囲のひとに読まれ記憶に残っているからこそこうして私も書くことができるのである。

こんなに月日がたってしまうと、たとえ村野四郎(杉さんが尊敬していた)でも、木原孝一(私たちみんなを取り上げてくれた)でも、なかば忘れられそうになっているのに、いつまでもこんな恰好で覚えられている彼らのほうが幸せなのかもしれない。

しかし彼らは、こころざしなかばで倒れたのだ。二人ともこの巷に「煙りのごとく消えた」が死んでも死にきれなかったろう。身近にいた私にはわかるのである。その生涯は残念だった。とにかくクヤシイです。

**杉克彦**は本名・鈴木勝利。一九三四年(昭和九年)東京生まれ。家は代々の屋根瓦職人。中学卒業後家業を継ぐが、結核に罹り断念、都立三田高校定時制卒業。友人の紹介で母校図書館に勤める一方、孔版印刷(ガリ版)

の技術を覚え、それが生計のひとつとなる。

五七年「文章クラブ」の新人欄の常連でグループ「明日」を結成。五九年國井克彦・井川博年・辻征夫・丸山辰美らと同人誌「銛」創刊。処女詩集『鉄塔のうた』刊行。以後同誌を舞台に旺盛な活動をし、六一年『銀杏挽歌』、六四年『水勢のなかで』(以上思潮社刊)を出す。「銛」解散後は個人誌「銀河」を定期的に発行し、詩壇内外を問わない全国的な活動を行ったが、生来の喘息と蓄膿症と結核の進行が進み、以後病床につく日が多くなる。

六六年私家版のガリ版詩集『伐採』を出し、七〇年その中から選んで『浮上の意味』を刊行。七一年十一月麻布・古川橋病院で自然気胸で死去。

死後「銀河」最終号に村岡空の「弔辞」が載り、七六年の「吟遊」三号でささやかな回想特集が組まれた。丸山辰美に「無名性の小詩人」という文、辻征夫に詩「樹にのぼる」、小柳玲子にも一文がある。沢口信治の文も読んだような記憶がある。


杉さんの住所は生まれてから死ぬまで港区東麻布三—十であった。このひとは本当の江戸っ子で、東京を離れたことがなかった。

麻布十番はいまは知らないが、当時は汚い川に沿って都電が通るだけの下町にすぎなかった。杉さんは小柄で石川啄木に似ていた。いつもその頃流行っていたリバーシブルの白のコートをはおり、ハンチングを被っていた。

父は志ん生そっくりの職人さんで、母は品のいい痩せた下町女で、上に兄がひとりと姉がいた。この兄は鈴木ゆりをという俳人で、杉さんが詩を書くようになったのは恐らくこの兄の影響であろう。

なかなかのハンサムで、けっこうの遊び人であったという兄であるが、このひとも結核だった。「咳をする兄へのぼくのながい愚痴」という詩がある。

「笑顔でぼくをからかったり／山下清や大山親方のこわいろをする兄／学生時代ずっと芝居をしていた兄／七年も寝ている兄」

ふすまのかげで

あなたの咳をきく
父よ母よそしてぼく
ぼくらの愚痴はちっぽけだが
こみあげてくるものをこらえるとき
美しいイメージは
じりじりとこげたむらさきいろの煙りを
部屋いっぱいに漂わせる
ダンスのできる
あなたの部屋のすべすべした床のうえを
ほこりは無表情につもってゆく
今夜も――

「こみあげてくるものをこらえるとき」という屈折した表現の中に杉さんの兄に対する複雑な思いがある。この兄も三十歳で死んだ。

杉さんには病気があった。これがすべてであるといっていい。私は彼の病気の程度についてはまったく無知であったが、彼の無類の優しさも親切も、すべて病気のせいであったような気がしてならない。

実際、彼ほど友人や仲間を大事にする人間はなく、彼ほど後輩に対して優しいひとは少なかった。杉さんの家に行けば必ず食事が出るのであり、酒をおごってくれ、場合によっては帰りの電車賃もくれるのである。

それを目当てにするひとも含めて、彼の家は常に千客万来であり、その上に全国から送られてくる同人誌に目を通し、そのすべてに礼状を書き励ますのである。およそこれほど筆まめなひとはいなかった。

彼はそういうことが生きがいなのであり、そういうことが好きなのだ、と私たちみんなが思っていたのだが、実はそれらすべては、実生活に対する深い断念からきていたことを知らなかったのである。

本当は社会に出て働きたかったのである。健康な女と結婚して子供を持ちたかったのである。なんということであろうか、それすら読み取ってあげなかったとは――。詩だけが彼にとって救いであった。

風が吹いている
エーテルの雲が

空一面にひろがっていく
いまみたび
手術日をまえにして
生きても死んでも
どうか間違っても
趣味だなんていわないで
ひとつの生を
ぼくが生きたという
証しなのですから
かけがえのない
証しなのですから
どうか趣味だなんて……

（「どうか趣味だなんて」後半、『伐採』所収）

病気が進行し、病院に入院していて、しきりに昔の仲間に会いたがっているらしい、という話を聞いた時も正直いって、万年病人の杉さんがよもや死ぬことはあるまい、とたかをくくっていた。

呼ばれて病院までは行ったのであるが、もうすでに面会謝絶で会えなかった。本人はわれわれの足音を感知していて、いま井川がきた、國井がいるとつぶやいていたそうである。以下「銀河」最終号村岡空の「弔辞」より死の前後を記す。

同氏は、本号の編集を終えた直後の去る十一月十七日、自宅にて昏倒し、ただちに近くの前記病院に救急車で入院されました。そして以来同月二十一日、すなわち当日は姪ごさんの結婚式が行われ「それまではぜったいに死ねない」とがんばられた由でしたが同月二十四日夕刻、わたしが病床に駆けつけましたときには、すでに酸素ボックスのなかのひとでありました。

まことに誠実な同氏は、なおも「銀河」をよろしく頼むと、不眠不休でつきそった沢口信治君とわたしとに、遺言されました。われわれ以外に病状悪化のため面会がかなったのは、中井茂樹氏だけというあわただしさで、中上哲夫、辻征夫、國井克彦、井川博年、丸山辰美氏などは、ついに死に目にあえませんでした。

さりながら永く同志を助けた菊田守、小柳玲子氏ほかのものとても、あのまま逝ってしまわれるとは夢にも思わず、わたくしごときは「あしたは美女をお見舞いにさしむける」などと冗談をいい、まったく慚愧の念にたえません。

通夜は二十九日に行われた。寒い夜であった。遺骸を横たえたお棺の横に黙念と座っている石原吉郎の姿が目についた。することもなく外に出て吹きさらしの路上に立っていると、さきほどうっかり見てしまったお棺の中の杉さんの最後の無念の表情が眼に浮かび、いてもたってもいられなくなるのだった。

申しあわせたように私、辻征夫と中上哲夫は、杉さんが『鉄塔のうた』で書いた東京タワーの下へとおもむき飲み屋で飲むと、今度は遅くまでやっていたボーリング場へ行き、散々な成績で球を転がしたのである。

丸山の記憶はないがこの時も一緒に（だいいちボーリングをするなどという発想は、われわれにはなく）案外いたのに違いない。

次の日の葬式についてはあまり記憶がない。お寺などには行かなかったように思う。

**丸山辰美**は一九三八年（昭和十三年）新潟生まれ。本名・明夫。新潟高校卒業後上京。予備校時代から詩を書きはじめ「若人」等の詩欄に投稿、井川博年を知る。さらに「明日」の会員となり國井克彦や杉克彦を知る。五九年早大入学。早稲田詩人会に入会。詩誌「銛」創刊に参加。六五年詩集『醱酵するガラスのデイト』（思潮社）を刊行。これが生前出した唯一の詩集である。

六二年早大法学部卒業。前年解散した「銛」にかわって芸術集団「ピラニア」を企画・主宰する。この間にかかわった高野佳生、野村正己、玉木明、原田勇男、杉岡博隆、米沢慧らと共に七二年「匣」創刊（七五年十号で解散）に参加。創刊号に「水晶の棍棒にぶん殴られた鮫の旅」を発表後、二号から七号まで「失語宣言」を連載し、未完のまま筆を絶ち、八五年九月心筋梗塞で死去した。

死後一年後に、友人たちの手により遺稿詩集『失語宣言』が出された。本の解説には私が「「明日」の時代」という文を、原田勇男が「叫びと沈黙の狭間で」、高野佳生が「丸山辰美の詩と死」と題する文を書いた。

生前なかば忘れられていた丸山であったがこの本はささやかな反響を呼び、八六年十一月号の「現代詩手帖」に小さな記事が出、八七年の「海燕」二月号には天沢退二郎氏の「詩人の死」と題する文章が載った。

他に辻征夫は「ブラザー軒へ丸山辰美と」という文を「詩芸術」に書き、これはのちにエッセイ集『ロビンソンこの詩はなに？』に収録された。詩は國井克彦の追悼詩がある。


丸山は私にとっては兄のようなもので、生きていてさえくれればよかった。詩を断念しようが、生活の煩悶だろうがいいではないか。

なぜか彼は巨大な憤懣のようなものを抱えていて、実生活の面でも常にそれがバクハツした。だから周囲は彼に期待すると共に、彼が怒ってすべてを壊してしまうのを、半分予期しながら見守っていたのである。

仕事もそうで、学校を出てから勤めた美術印刷会社は組合を作ったことで辞め、その腕を買われての労働総同盟では、その方針に反発してうまくいかず、以後は塾の教師をしたり雑文を書いたりしたが、これらすべてを見下すような態度をとるから、どこでもうまくいかないのである。

大柄で喧嘩が強い外形を持ち、片方の眼の下には薄い痣があり、それが詩人らしい風貌に少しばかりの凄味を与えていた。

作品にもそれが現れていた。限りない優しさと暴力、明解な論理と叙情。ランボーとリルケが同時に好きなのであった。彼の唯一の詩集『醱酵するガラスのデイト』は全編このたぐいで、青春そのものである。

山へ行ったら一振りの手斧を持帰ってくれ
一夏の恋人たち
雨にうたれた朝はなかったか
オカリナのか細い音色をきかせてくれないか
一九六七年の夏　一九六八年の夏
手をにぎったあとでふり返らずに別れ
俺は数時間眠ったあとで

手斧を持ち
オカリナを吹くだろう
すばらしいものたちおやすみ
俺は憶えている

（「忘備録」より）

これを読むと、低いいい声で朗読している十代の丸山の姿が浮かんでくる。所は下井草の彼の下宿で、私は十八歳で大阪の会社を辞め丸山の下宿にころがりこんでいた。

彼の毛布にくるまって寝ながら、私は徹夜で詩を書いているその後姿から、この男はきっと将来、われわれを震撼させるような詩を書くに違いないと思っていた。

あにはからんや、丸山は詩を書くのを止めてしまった。実は少しは書いていたのだが、それは遺稿詩集まで眼にふれることはなかった。その内彼が熱烈な恋愛をし、結婚したという話を聞いた。

それから月日が経つ。私は一時かつての彼のグループにいた米沢・玉木と「円陣」という雑誌をやっていて、彼とは疎遠になっていたのだが、心臓病で倒れて入院した、という知らせを聞いた時はさすがに驚いた。

三人で見舞いにゆくと、それでも彼は元気で快活に見えた。まあ虚勢だろうけどと、われわれはそれでも安心していた。みな心臓病を甘く見ていたのである。

それからまた何年経ったろうか。ある日私が子供を連れて、近くのアスレチック公園に遊びに行き、鉄棒にぶら下がっていると、ブランコの向こうに丸山辰美が現れたのだ。

それは不思議ではなく、彼の住まいと私の住まいは近かったのである。それにも係わらず、私は白昼に幽霊を見たように脅えた。それは彼の顔があまりにも病んでいたからである。どうしたのともいえず、私は彼の顔から眼を背け、鉄棒にぶら下がりながら、ひょっとして丸山は死ぬんじゃないか、と思った。

その夜のあけがた夢を見た。食事もそうそうに家を出ると、私は仕事に行くのを休んで喫茶店で詩を書いた。まるで誰かに書かされているかのように、その詩はすらすらとできた。「黒き疾風《はやて》」である。

丸山辰美はとうとうやってきた。

ぼくに厚い原稿用紙の束を渡すと、これを読んで見てくれ、といった。二百枚はあると思われる長編詩である。ぼくは読んだ。無我夢中で読んだ。それは驚くべき詩であった。一見して明治時代の象徴詩を思わせる、古い語法の漢字ばかりの行のうちに、鮮烈な色彩があり、生と死への深い思いやりがあり、胸を打つ悲愴美が全編に漲っていた。

素晴らしい。なんという詩だろう。そうか、きみはこれを書くために二十年も雌伏していたのか。これほどの作品を書いているのを知らずに、何も書かないといって非難していたおれは、なんて馬鹿だったのだ。許してくれ、とぼくがいうと、いやいいんだ。おれはこれを書くために命を懸けてきた。だから、そんなことはもういいんだ、と彼は笑った。それはぼくと二十年以上も前にはじめて会った時、彼が見せたさわやかな笑顔であった。

ぼくは胸がいっぱいになり、しかしいっぽうで、ひょっとしたらこれは夢かもしれない、と思っていた。夢だとしたらこの詩は消えてしまう。いま一行でも覚えておかなければ、この詩は永久に消えてしまう。ぼくは白っぽく変化してゆく原稿用紙の上に必死に眼を凝らし、詩句を覚えようとした。しかし茫茫とした視界の中にすべてはみるみる消え失せ、最後の行だけがかすかに残っていた

黒《くろ》き疾風《はやて》。


この詩を私が個人誌「樽」に発表したのは八二年六月であった。

三年後の秋、阿佐ケ谷のアパートに学校から帰ってきた一粒だねの娘は、心臓を悪くして寝ていた父が起きてこないのを知った。丸山辰美は布団の中ですでにこと切れていた。

通夜には急を聞いた友人が駆けつけ、ここでも丸山は主人公なのであった。その夜は大雨で、次の日の葬儀には先輩・恩師の姿はなく、友人と夫人の友達と娘の学校の生徒ばかりで、ここでも丸山は首尾一貫していた。

田舎からは両親が寂しく参列した。彼はこの年老いた二人の、たったひとりきりの最愛の息子、輝ける期待の息子であった……。

書かなかった手紙のように
希望は還ってくる青ざめて
やがて曙のなかを滑って
きみがやってきたように
狭霧のなかで俺に出会うために

（「水晶の棍棒にぶん殴られた鮫の旅」より、『失語宣言』所収）

（「現代詩手帖」一九九二年八月号）

## 私にとって詩とはなにか

「私にとって詩とはなにか」とは、あまりにも問題が大きすぎ手におえない。そこで問題を「私にとっての詩」と勝手に読み代えることにする。私にとって詩はいのちである。いのちのひらめくところから生れる。書かれた詩だけではない。小説や他人の話や生き方にも詩を感じる。一葉の落葉にも詩はある。しかし私は人生は詩だの、詩を書かない詩人だのという言葉は信じない。それはたわごとである。詩はやはりボードレールのいうごとく「より高度な美への人間的願望」であり、当り前であるが文字によって表現された美である。

最近、私は北条民雄の『いのちの初夜』を初めて読み感動した。私はこういうものに弱いのである。しかし一方ではああ、これにはついてゆけぬとも思う。ドストエフスキーの小説と同じく、ただでさえ怠惰で無為な自分が鞭打たれる思いになる。私にはむしろ次の「父の日」

の新聞の無名の投稿の方がふさわしい。

放浪の果てに、大阪の病院のベッドで、四十五年振りに見る父の顔はやつれていた。病院からきた一枚のはがきを握って駆けつけた私は、口もきけず、ただ涙が言葉としてあるだけだった。わが子の顔を見て安心したのか、父は間もなく冷たくなった。病室の小さなタングステン電球が、父の死に顔を照らし、院内も物音一つ聞えなかった。その時の子供の年老いて、喜寿を迎えたこの私である。人生も寂しいが、「父の日」はなお悲しい。

無職・岡本栄一　七七才

これが「私にとっての詩」である。ひとは私の感傷を笑うであろう。それで良いと思っている。

（「光芒」十四号、一九七七年七月十五日）

## 二つの歌

ここ何日間か、私は一人の短歌作者と、その作者の詠んだ二つの歌について思いをめぐらせている。

伊藤みやさん。朝日新聞・日曜版の「朝日歌壇」への投稿者である。それ以外については何一つ知らない。ここに新聞に載った歌とその選評を書き写す。日付は、昭和五十二年四月十七日。選者は近藤芳美氏である。

いつも若く働く親と思うらし駅のベンチにうずくまるものを

（東京）伊藤みや

（評）街に出て働き、疲れて駅のベンチにうずくまる。その自分のことを、吾が子らはいつまでも若い母と思っているのであろう。一首の作品は都会に生きる女の孤独な思いをつたえる。「朝日歌壇」が始まって間もないころ、同じ作者は、「汽車とともも走りて我を求め

ける草むらの中の老いふけし母」という歌を作ってい
た。家を捨てる歌であったと記憶する。

この歌が載った日は、暑い程の快晴だった。私は日曜日の寝床の中で、この歌と選評を読んだ。入選歌にも心ひかれたが、それにも増してはっとさせられたのは、近藤氏の選評の中にある歌であり、そして「……家を捨てる歌であったと記憶する。」というくだりであった。

眼をつむると様々なことが思い浮んできた。思い出といっても良い。やりきれないといっても良かった。ベンチに座っている中年の女と、汽車の中から老いた母を見ている若い女とが幻のように浮んだ。

伊藤みやさんは何歳になられるのだろう。出郷の時十代ならば三十代であろうか。それとも二十代になってからの出郷だろうか。彼女が何処かの駅から汽車に乗り、(東京)へ向った時、彼女の母は農作業で草むらに居たのであろう。それならば母はその出発を知らされてはいまい。母は野良着のままで走ったのだろう。草いきれの激しい夏だったろうか、それとも満木蕭条とした冬枯れの草むらだったろうか。

或いは、農作業をしているのではない母かも知れぬ。彼女の出発を知って、あわてて駆けつけ、やっと草むらで追いついたのかも知れぬ。ともかく草むらの母は娘を見上げ、見つめ、何事か叫んだことであろう。

この切迫した歌の調子からは、母娘の間に出郷が約束された行為としてあったのではないことがうかがわれる。この歌はまさしく選者が読みとったように「家を捨てる歌」であった。そしてそれは「母を捨てる歌」であった。「みや、どこへ行くだ」と叫ぶ声が聞える。

その意味でとれば、これは冷たい詩である。このような別れをする場合、普通はこのように正確な描写はできないものである。従ってこれはかなり意地悪な眼で母を見ているともとれる。憎んで別れたのかもしれない。

しかし良く歌を読んでみれば、そうではないということがわかる。「我を求めける」と「老いふけし母」という言葉が証明してみせているのは、伊藤さんの愛の深さである。作者の預り知らぬ、歌自身が持っている愛とでもいえば良いだろうか。そして、それをおびき出してきたものは『眼』であると私は思う。

草むらの中から走って追いかけてくる母の姿をとらえ、同時に出郷の自分の姿を見つめる眼が、歳月を越えてベンチに座っている自分を見つめているのである。それは伊藤さんの眼であると共に、彼女が気付かない「草むらの母」の眼である。その母の眼を覚え、見捨てることができなかったからこそ、彼女は歌を書かざるを得なかったのである。

伊藤さんは何処でこの『眼』を得られたのだろう。専門歌人でもないこのひとにとってそれは生命そのものであるかもしれない。専門歌人であるならば、歌を詠むことは日常の一部であろうが、彼女の場合は「非常」の白鳥の歌に他なるまい。唯一すじの眼の光りがなければ、たちまち沈む凡歌の海である。

このことは私の自戒でもある。私にも「草むらの母」の眼の自覚はある。ともすれば感傷に流れやすい私であるからこそ、この『眼』を失くしてしまえば私の詩なぞも存在し得ない。


伊藤さんのこの歌を読んで、私は目頭がうるんでくるのを押えることができなかった。私が田舎を出たのは十八歳の時で、昭和三十四年である。この歌もその頃かもしれない。いやその頃であった方が良いと思った。私はその頃もう詩を書いていた。伊藤さんも歌を詠んでいたのであろう。私が結婚したのは昭和四十三年、東京でである。伊藤さんはその前であろう。私はいつの間にか東京に住みつき、早くも田舎にいたのと同じ月日を過した。ここにいるのが当り前のような気分になっているが、実は田舎から大阪へ、大阪から東京へと当てもなくやってきた東京であった。泊る家もなく失業して普通列車できた東京だった。伊藤さんは何処からやってきたのだろう。私は痛烈にそれを知りたいと思った。

私がまた布団にもぐりこんだので、妻は妙な顔をした。私の妻は東京の借家で生れ、アパートで結婚し、今の今まで自分の家というものに住んだことがない。家を出た私は田舎に帰っても家は無く、これからもついに妻に家を持たすことができぬように思う。私の子供もまたアパートで生れた『家なき児』である。以前にははるか彼方にあった様々な生活上の必要が、今はすぐ眼の前にあって、又それのみしか無いのだ。一生をアパートに暮す程、私の精神は強くない。

家を捨てる歌を読み、自分の家族のことを思うと、そのもろさはかなさに涙をさそわれる思いである。この歌のような強い結び付きがあるかしらんと、情ないことを考えたりもした。


次の週、仕事の暇ができたので図書館へ行った。

新聞社に電話で問い合わせると「朝日歌壇」が今の形態になったのは昭和三十年四月からである。近藤選も他の二人（宮柊二・五島美代子）と同じくこの年から始められていた。

図書館に行くと、古い縮刷版はすでに処分された後だった。一部だけ倉庫にあるというので、館員について奥の地下の倉庫に入った。一人で勝手に見てくれという。うんざりする程の雑誌と新聞の山があった。古い雑誌なぞ、それはそれで結構面白く、あちこち見ているとすぐ時間がたってしまう。もうどうでも良くなっていたのだが、それでもと思って探すと、それは意外にもすぐ近くの棚から現われた。「朝日歌壇」が始まって間もない昭和三十年八月七日の日曜版だった。選者は近藤芳美氏であり、第四位として選評はなかった。ただ、歌に少しの違いがあった。


汽車とともに走りて我を求めける草むらの中の老いふけし母　（福島）伊藤みや

少しの違いとは地名である。福島だった。彼女は福島でこの歌を詠んだのだ。しかも昭和三十年であった。二十二年前である。二つの歌の間にはこれだけの月日があったが、昭和三十年といえば私はまだ中学生である。私は私の描いた少女像が少しずつ崩れるのを覚えた。

伊藤さんは「福島」に居たのだろうか。そうすると彼女は別な土地から「福島」へやってきて、そこでこの歌を詠んだのだろうか。それから又上京したのか。名前も伊藤みやである。私はその時までてっきり伊藤みやさんは伊藤みやであり「汽車ととも……」を探すまでもなく名前ですぐ判ると思い、事実判ったのであるが、どうして他の姓であるかも知れぬとは思わなかったろう。あれもこれも、私はあまりにも思い込みをしていたのだった。

それでもかまわないと思った。開き直っていえば、投稿歌などは誰かが思い込みでもしてくれなければ、たちまち消えてしまうものであろう。選者でさえも覚えているとは限らぬ。読者に読まれる歌などは運が良い方であろう。新聞の投稿は、おおむね普段は歌を詠むことのない人達の歌である。それらの人達の生死離別の淵に浮ぶ白鳥の歌は、吐かれるやいなやすぐさま忘却の闇に消えてしまうのだ。私の詩なぞも似たようなものである。いや大衆に基盤を持たぬ現下の詩の方がもっと哀れであるかもしれぬ。

薄暗い地下の倉庫で私はその時つくづく思った。なによりも詩才が欲しいと。

（「円陣」二号、一九七八年七月）

# ダンスと嵯峨さん

社交ダンスは戦前と戦後と二度大流行している。戦後の流行はキャバレー全盛時代のもので、私なども速成本片手に、地方の安キャバレーで大いに踊ったものである。もっともこれは純粋にダンスを楽しむというものではなく、ホステス目当てのチークダンスまがいのものであった。

戦前の流行の方は、嵯峨さんの自伝年譜にも書かれているようにダンスホール全盛時代である。ダンスがどれだけ流行していたかは昭和四年の空前のヒット曲「東京行進曲」の西条八十の詩を見てもわかる。「昔恋しい／銀座の柳／仇な年増を／誰が知ろ／ジャズで踊って／リキュルで更けて／あけりゃダンサーのなみだ雨」。

嵯峨さんが年譜の「昭和七年（三十歳）」に書かれている「赤坂溜池にあったダンスホール・フロリダによく

通う。船橋聖一、田辺茂一などとよく会う。」とあるダンスホール・フロリダは、当時東京にあった八大ホールのひとつで、文化人の集う店として有名であった。永井良和『社交ダンスと日本人』という本によれば、昭和四年に開業したフロリダはフロア坪数六〇、客席坪数七〇、ダンサー九〇人、ジャズ・バンド、タンゴ・バンドの席を備え、入場はチケット制であった。ここには菊池寛、大佛次郎、久米正雄、片岡鉄兵といった「文藝春秋」系の作家や徳田秋声といった老大家も顔をみせていた。嵯峨さんは、文春社員としてわが世の春を謳歌している時だから、この店には菊池寛に連れていってもらったに相違ない。

なにしろ、生涯でいちばん尊敬するひと、という菊池寛のすることだから嵯峨さんが真似しない訳はない。嵯峨さんのもうひとつの趣味といっていい将棋や、戦争中に大いにやったという釣りも、すべて菊池寛直伝の趣味といっていい。これで麻雀と競馬を合わせると完璧になるのだが、そちらの方はどうだったであろうか。

嵯峨さんのダンス好きは本格的なもので、かなりナラシタものらしい。私は踊っている嵯峨さんを見たことはないが、九十を越えても颯爽と歩かれるその歩行の見事さには、惚れ惚れとしたものである。これはもちろんダンスの素養があってのことである。

ホールの話に戻ると、当時のホールは場内の飲酒は認められておらず、ホールによっては喫茶部がありコーヒーなどが提供された。このことも、酒を嗜まない嵯峨さんにとっては都合がよかったに違いない。風紀についてもきびしく、特にダンサーと客との個人的な交際は禁じられていた。聞くところによると、嵯峨さんの何度目かの奥さんはダンサーだったということであるが（間違ってたらごめんなさい）、この頃のダンサーは、戦後の私達が接したようなホステスなどではなく、ホールに所属してダンスの技術を売る誇り高い「職業婦人」であった。従って収入も高く、人気ダンサーは大学出の初任給が五十円時代に数百円の月収があったという。嵯峨さんの奥さんになったひとも、きっとそのようなひとだったに違いない。

それにしても、禁制の掟を破って一緒になるなんて、やはり大物である。男はこうでなくてはいけない。もっともダンサーと一緒になるというのは、この時代の流行でもあった。私が好きなアメリカの作家ヘンリー・ミラーも同じ頃ダンスホールで知り合ったダンサーと二度目の結婚をしている。その経緯が『南回帰線』である。

このダンスの時代は、嵯峨さんのもうひとりの師といっていい萩原朔太郎にとっては悲劇であった。馬込に家を新築して間もなく、ダンスに狂った妻が洋間を改装し、夜毎ダンス教師と踊るようになり、ついには子供を捨てて「若き燕」と家を出ていったのである。

その頃はこのような事件が多発し、斎藤茂吉夫人なども「上流夫人たちのダンスホールへの出入り」として当局に補導されている。

荷風の日記を見ても、このようなダンスに狂う、というよりダンスホールでの男女交際に狂う当時の人々の狂態がよくうかがえる。

しかしこのさしものダンスホールの盛況も、日中戦争の激化とともに衰退に向かい、太平洋戦争の始まる前には、とうとう禁止令が出て営業できなくなってしまう。国全体がダンスどころではなくなったのである。

嵯峨さんもまた昭和十一年（二・二六事件の年）には文春を退社して、十三年からは出版社を始めるという新しい人生に入っているのである。もちろん嵯峨さんのことだから、ダンスだけはいつでもどこでもしていたに違いないが、そうはいってもダンスすらできなくなった時世というのは、かなりさみしかったであろう。

私は、そのひとの一生を通じて培われた趣味・嗜好は、きっとその書くものに対しても大きな影響を与えていると思うのである。

社交ダンスの基本は「正しい姿勢」と歩行にあるという。次はパートナーとなる相手をしっかりと保持すること、そして軽やかに軽やかにステップを踏むことであるという。

これはまさしく嵯峨さんの詩の手法ではないか。いや詩のみならず嵯峨流の生きかたの極意でもある。私は嵯峨さんの詩からは感銘を受けることは少なかったが、その詩人としての生きかた、特に老年の過ごしかたというものについては、多大の影響を受けた。
私自身の今後の生きかたを教えてもらったといってよい。そのヒントとなるもののひとつがダンスであった。もう少し年とったら、私もダンスを始めてみようと思う。軽やかに生きられるように。

（「アリゼ」六八号、嵯峨信之追悼号、一九九八年十二月）

## 立原道造記念館を訪ねて

立原道造の記念館が出来たと聞いて行ってきました。立原道造といえば、夭折した「四季」派の天才詩人として、詩を書く人なら知らない者はない。私だって詩を書きだした頃は大いに影響を受けた。だけど、大人になってからはもう読まなくなった。私だけでなく大方の詩を書く者はそうだろうと思う。とにかく、戦後の詩人の間では立原の評価はすこぶる悪い。同時代の中原中也や宮沢賢治に比べると歴然としている。これは詩の評価以前に、若くして死んだ、しかも完成された古典的な作品を持っている者への嫉妬が、最大の原因ではないだろうか。今回はその辺を確かめたくての探訪でもある。

場所は竹久夢二美術館のすぐ隣だという。そこで、開館直後の四月一日エープリル・フールの日に、仕事を中休みして天気の良い午後、地下鉄千代田線の根津駅から歩いてみた。ところが坂を上って七分、夢二美術館を通り更に先まで行っても、それらしき物が見えない。困って戻って美術館の人に聞くと、なんと、ほんとうにすぐ隣にありました。

白のレリーフ様の壁面に、立原のシンボル・マークとでもいえる詩集『萱草に寄す』に出てくる笛を吹くひとが描かれ、その下の軒面には黒地に白でくっきりと「立原道造記念館」。これがどうしてわからなかったんだろう。ちょうど道路工事中の片側通行で、また真ん前が東大の弥生門で、私は自慢じゃないが東大の中に入ったことがないからそっちばかり見ていたせいかも知れない。気をつけて見ると、これはまあ周囲にピタリと合った、実に感じの良い建物である。ただうっかりすると見落しそうなほど小さい。

四〇〇円の入館料を払って入ると、中は「開館記念特別展」として「ふるさとの夜に寄す」という展示が行われていた。展示室は二階と三階で、詩集や詩の原稿や写真が展示されている。見物は立原生前の愛用品の数々で、彼がデザインしたという机や、愛用の背広やネクタイ、ランプや文房具等。これらは立原ファンにとってはこたえられないモノだろう。

驚いたのは彼が非常に絵が巧みなことで、何点かある絵はすべて素人ばなれしている。この絵が好きで上手ということは、彼が職業に選んだ建築と相まって、彼の詩の本質を暗示していると思う。始めて見る建築図面のパースも色エンピツで丁寧に彩色が施してあった。

私が一番見たかったのは、話に聞いていた建築の設計図の類だった。残念ながら今回は展示が少ない。大学時代とわずか一年足らずの建築事務所時代の仕事だから無理もない。図面は残っていないのだろうか。せめて再現模型でもあればいいと思う。これは私が建築の設備の設計の仕事をしているので、建築関係者の意見でもあります。

立原は健康でいたら、どんな建築家になっていたであろうか。この残された図面で見る限りでは、彼の夢は小住宅や芸術家のコロニーにあったようだから、戦争や戦後の荒廃をくぐり抜ければ、かなりの仕事をしたに違いない。その場合は、東大の一年下の丹下健三（大正二年生まれ。昭和十三年東大建築学科卒）のようにはならず、清家清（大正七年生まれ。芸大を経て昭和十八年東大建築学科卒）のようになったであろう。

詩人・立原道造。大正三年日本橋の商店の子として生まれ、幼児より秀才の誉れ高く、久松小学校、府立三中、一高理科と進み、昭和十二年東大建築学科卒業。一高時代より文芸部で活躍し、幾多の先輩作家、詩人の知遇を得て、在学中に当時の最高の詩人グループ「四季」の創刊編集同人となる。卒業と同時に二冊の詩集を出しこれが彼の代表作品となる。石本建築事務所に入所するも発病、昭和十四年三月、二十四歳で死去。

立原道造という人はとにかく誰からも愛されたようである。家族も校友も先輩も後輩も、会社の同僚も恋人もすべての人が彼に好意を持ち彼に尽くしている。しかもこの彼への好意はいまも続いている。だってその証拠が堀辰雄夫人の堀多恵子さんを館長とするこの記念館ではないのか。この記念館を作るのだって理事長の鹿野琢見氏の大変な尽力があってのこと。それだって彼への好意がなければできたことではない。

そのみんなの立原哀惜の思いが、展示物に込められている。たった二十四年の生涯なのに、こんなに多くのモノが残されているのだ。これらはすべて、彼を愛した人たちが戦火の中を必死に守ってきたものなのだ。そう思うと口惜しいけど、感動せざるをえない。

その上、ここには古き良き東京がある。立原というのはある意味では東京の代表的な詩人なのである。彼が芥川龍之介や堀辰雄を尊敬したのも当然である。その点で、この記念館は意味がある。ここは東京人による東京の詩人の記念館なのである。いわば「郷土記念館」なのだ。

そう思って見ると、この小さな作りも東大前という場所もすべて立原らしくていい。建物（江黒家成氏設計）もまるで立原の遺作のようで（そのような感じにうまく表現されている）、ここまで死んでからも尽くしてもらえるなんて詩人冥利に尽きている。若くして死んだ特権みたいなものである。

それにしてもうらやましいですね。私のような詩の才能も二流で、仕事の建築も専門の大学も出ていない者にとっては、こんな立派な記念館に収まっている詩人の、あら捜しをする位しか芸がないのである。

階段の途中にうまく作ってあるアンケートコーナーでひと休みしていると、真ん前の東大から昼休みに見にきたとおぼしい男女の学生が、一心に展示の詩の原稿を眺めて、詩人っていいいね、といって帰って行ったのでありました。

（「うえの」一九九七年五月号）

## ヨク学ビヨク遊ブ

辻が死んでしまった。よりによって二千年の一月十四日夜に、六十歳で――。

辻とは四十年（今年でちょうどぴったしだった）の付き合いだったが、これほど気の合う友達はいなかった。年も一歳違い（私が下）だけで血液型も同じB型で趣味・嗜好が同じだった。好きな女性のタイプまで共通しているのである。本や映画の好みもそうで、本ならどの本のどういう箇所のどういう描写、映画ならどの映画のどこのシーン、あれのあそこは良かったなと私がいうと、間髪を入れずうんあそこはいいと彼がいう。お互いに殆ど同じ本を読み、同じ映画を見ているのである。後年毎週のように会っていた時でも、こういう本を読んだ、こういう詩人を見付けたと何時間でも語り、語りつくせないので二、三日後に会い、続きの話をするのだった。これでよく喧嘩にならなかったものと思うが、四十年間われわれ二人は口喧嘩一つせず、お互いに口論になることすらなかった。なりようがないのである。お互いに好きな詩人好きな作家好きな人間を語っていれば、それで充分な人間だったからである。どうしてみんなはそうならないんだろう、というのが彼の口癖だった。詩を捨てちゃ駄目だぜ、というのがまた辻の殺し文句だった。

二人が結婚し（私が先であったが、友人代表として出席してくれた。遅れた辻の結婚式の司会は私がした）、お互いに子供が生まれた頃、辻がしみじみ言ったことがある。

——俺たちはお互いもし結婚してなければ、とんでもない浮浪者か、とんでもない犯罪者になっていたろうな——と。辻は浮浪者になり、私は犯罪者になっていた、きっとそうだ。しかしキミは救われるよと私はいった。だって詩が決してキミを見捨てはしないからと。

私から見てもあきれるほど詩が好きで、詩を第一義に生きている人間だった。毎日詩のことを考え、全生活挙げて詩作に当たった。辻の軽妙で酒脱といわれた作風は、すべてそのような血の出るような努力の果てに生まれたものである。獅子は兎を捕るにも全力を注ぐというが、一行たりとも手をぬかない作者だった。

しかしそうした生活は健康を蝕むものである。目が悪くなり網膜剝離をやり、右目の手術をし直ったら、今度は運動神経が少しずつきかなくなる原因不明の難病にとりつかれてしまった。その少し前辻がいちばん詩を書いていた時に私に言ったことがある。「みんなを見ると（キミは違うがと辻は優しくいってくれたが）人生は百年も二百年もあると思って詩を書いているとしか思えない。ぼくはね、そんなに時間がないと思って書いているんだ。だから詩で身体を壊したのさ。断腸の思いというのは本当なのだよ。詩はね、そうして書かないと駄目なんだよ」。生計にケリをつけてから詩を書くなんて甘い考えじゃいけない。詩はいますぐ書くんだ。

少年時代、詩を書くということは大変なんだ。ひょっとするとあらゆるものを捨ててしまうようになるかも知れないぞ、といってきた辻であったが、然り、まったくそうだったんだ。でもお互いよく遊んだっけ。何十回と旅行をし、何百回となく呑んだ。いつも笑って冗談ばっかしいって楽しかったよ。最後の方はきつかったろうけど四十年、一緒に遊んでくれて、ありがとう。

（「詩学」二〇〇〇年三月号、辻征夫追悼号）

# そして船は行く

一九八五年の冬に詩人の辻征夫と飲んだ折、その秋に上映された映画の話になり、辻がこの映画の題名は傑作中の傑作だ、といったことがある。その彼の言葉は強い印象を持って記憶に残った。六年後、私はその彼の言葉を使って少年時代の思い出を書いた。

『そして船は行く』というのは
フェリーニの映画の題名ですが
映画の題名では傑作中の傑作だと
あるひとがいいました。
（私もそう思います）

この詩の出だしに使った〈あるひと〉というのは、勿《もち》論《ろん》辻征夫のことである。辻がこの題名に敏感に反応したのは、私と同じくらい船が好きだったからだ。私は生家が船会社だから当たり前だが、辻は子供の頃から船が好きで、船員が好きなのだった。それ故、余白句会という詩人の句会で、彼が突然、貨物船という俳号を名乗った時も、私は驚かなかった。九五年、目の手術の病院で彼は書いた。

……ある朝、街のざわめきを越えてどこか遠くの河口から、茫々と奇妙な汽笛が聞こえてきたら、それは何とか艤装を終えて、最後の航海へと船出して行く（しかし何処へ行くのでしょう）、この小さな貨物船ですよ。

（「貨物船」より、『萌えいづる若葉に対峙して』所収）

四十代から詩集を毎年のように出し、詩壇注目の的となっていた辻征夫が、突如詩をやめると宣言し、小説の世界に行ってしばらくして難病に侵され六十歳で亡くなったのは一昨年の一月であった。

死後、余白句会での彼の俳句は『貨物船句集』と題し昨年一月に船出した。後を追うように、彼の言葉から生まれた詩を題名にした私の詩集『そして、船は行く』も五月に航海に出たのである。

（「朝日新聞」二〇〇二年五月十五日）

# 作品論・詩人論

# 物哀しさの詩情

川本三郎

井川博年さんの詩には、どれも物哀しさがある。大人の男が都会の夕暮れ時に不意に感じる物哀しさがある。雑踏のなかの哀しみといったらいいだろうか。

現代詩の世界には不案内なのだが、現代詩には、純粋に言葉だけを立ち上がらせてゆく実験的なものと、普通の言葉で日常生活の心の動きをとらえるものと、ふたつがあると思う。

井川さんの詩は後者のほうだ。観念で書かれた詩というより、あくまで生活のなかで書かれた詩だ。だから、井川さんのこの全詩集を読むと、ひとりの詩人というよりも、ある時代を確実に生きてきたひとりの生活人としての井川さんの姿が見えてくる。

井川さんにお会いしたことは一度もない。だからどういう生活をしてこられたのかは、正確にはわからない。それでもこの詩集を読むと、生活人としての井川さんの姿が浮き上がってくる。

山陰の松江で育ち、高校を卒業してから大阪に働きに出た。さらに東京に移った。さまざまな職業を転々とした。結婚して二人の子供が生まれた。そしていま静かに六十代を迎えようとしている。

そんな生活が見えてくる。それが読者を物哀しくさせる。とりあえずはその物哀しさは、出郷者の悲しみ、昭和三十年代という時代（そこではまだ歌謡曲が輝いていた）そのものの悲しみ、そして父であることの悲しみから生れてくるといっていいだろう。

といっても井川さんの詩は、生活そのものをなぞったものではない。日常生活のなかでふっとひとりきりになった時に見えてくる都会の情景、あるいは思い出されてくる故郷での遠い日、ふだんは忘れていたかつてゆきあった人間、そんな幻影のようなかすかなものが詩のなかに立ち上がってくる。

身は現実社会に置きながら、日常の裂け目にふっと垣間見える向う側の情景。井川さんの詩はリアリズムと淡い幻影が溶け合うところにある。日常という水平と、向う側に視線をやろうとする垂直が交差するところにある。

井川さんの詩を知ったのは、昨年（二〇〇一年）に思潮社から出版された『そして、船は行く』でだった。フェリーニの映画の題名から触発されたこの詩集は、しかし、フェリーニの世界の絢爛たるイマジネーションの洪水とはまったく対照的に、慎ましく、ひっそりと、そして物哀しかった。

「そして船は行く」で思い出される十代の頃の故郷の情景——、川べりの貨物船、小雪の降る日、船の沈没、自転車を漕ぐ少年。あるいは「砂丘」で思い出される子供の頃の情景——、友人たちと出かけて行った砂丘、茫漠たる砂浜の向うに見える海、夕暮れの駅、汽車を待つあいだ駅前でチャンバラごっこをしていた時にふと見上げた夕焼け空。

映像が思い浮かぶようだった。そこにはまぎれもなく、故郷を出、長いあいだ東京で暮し、いまや六十代を迎えようとする大人の男が思い出す、かつての情景があった。それはいまや遠くにありすぎて、現実にあった情景というよりも、日常のなかで瞬間、夢見られた幻のように見える。それは長い年月を生きてきた人間の目だけに見えてくるかすかな情景である。そこでは現在という水平の時間と、過去という垂直の時間が交差している。

井川さんは、言葉によって言葉を作る、というより、言葉によってかけがえのない一瞬の情景を描き出そうとする、映像的な詩人のように思う。

「そして船は行く」の、小雪の降る日、伝馬船が浮かんでいる川。「砂丘」の、子供たちが見るなんの変哲もない期待はずれの砂丘と海、そして夕暮れの駅と駅前広場。選び抜かれた数少ない言葉によって描き出されるその物哀しい情景は、読者に、そこに描かれているもの以上の物語を語りかけてくる。

情景の背後にある少年の家族、父と母、沈没した貨物船の乗組員、その家族。少年たちが待っている列車に乗っているだろう乗客たち。子供たちが遊ぶのを見ているだろう駅員。ひとつの情景のうしろにいくつもの語られていない物語が見えてきて、それが読者を物哀しい気分に誘いこむ。私たちが生きて行くということは、ひとつの情景のうしろに、語られていないいくつもの物語を感じ取ってゆくことなのだから。

情景のなかには、かつて行きあった人物がぽつんと置かれることが多い。おそらくはこれからの人生でもう二度と会うことはない人間が、情景のなかに不意にたちあらわれる。

「停車場で」の、集団就職で東京に出てきた少女（昭和三十年は集団就職の時代だった）、「八戸記」の、母親からの手紙をストーブにくべてしまった「私」に、ビンタを加え「親父やお袋を大事にしない奴は。お前は、それでも日本人か」と迫ったTさん。「少年俳句抄」の、俳句好きの高校生の「ぼく」を大人として遇してくれた佐川雨人という俳人。あるいは「三角セキ計算法」の、気のいい井戸掘り屋の社長。

そして何よりも心に残るのは「ハマイバの鱒釣り」の、山の温泉場に難病の治療に連れられてきた小学生の女の子とその母親。詩というか、一篇の掌編小説のようなこの作品の母親と子供のいる情景は、深く心に残る。

私たちは生きる過程で、こんなふうにして、ただ旅人のように行きあっただけの人間から生きる勇気をもらう時がある。「アイスクリーム」の最後の、追いかけてきた女の子が手渡してくれたアイスクリームのように。

普通なら簡単に忘れてしまう情景、そのなかの人物。それを決して大仰にならず、パステル画のように淡く描き出してゆく。井川さんの心のなかに、長く、深い悲しみがあるからこそ、それが出来るのだろう。

人は近くにいる時よりも、むしろ遠去かった時に、くっきりと鮮やかな形を見せてくるものだ。「冬の湖」で思い出される子供の頃の情景——岸壁に着いた船が大きく揺れる、混乱した乗客が我先きにと岸に飛びおりる、「ぼく」もそれに加わる、岸に降りたってふと気がつくと、足の悪い母は飛び降りることが出来ず、手すりにしがみついて「ぼく」を見つめている。

「あきらめた哀しさにあふれた、おだやかな優しい眼だった」

この詩、この情景には胸がしめつけられるような痛みを覚える。しかも、その母が「春色母子風景」で描かれる、老い果てていまは施設に入っている母の姿と重なり合うとき、いたたまれないような痛みになる。

それはたぶん、この二つの情景には、子供が親を捨ててゆく、宿命的な原罪が、日常の悲しい言葉によって語られているからだ。井川さんの詩が、いつもどこか物哀しいのは、生き続けることは、人と別れ続けてゆく罪を負ってゆくことだ、と静かに語っているからなのだろう。

(2002.10.29)

# そして船は行く

大串章

『そして船は行く』というのは
フェリーニの映画の題名ですが
映画の題名では傑作中の傑作だと
あるひとがいいました。
(私もそう思います)

井川博年さんの詩集『そして、船は行く』を読んだ。右はその冒頭に収められた詩「そして船は行く」の最初の五行である。

ちょうど井川さんの詩集を読んだころ、三重県津市の造船所を訪ねた。たまたま津市に用事があり、その機会を利用してT造船所を見学したのだ。T造船所は、わが国有数の造船所で、「ギネス・ブック」クラスの大型船を改造したり（四十二万トンから世界最大の五十六万トンに改造)、三十八万トンの巨大タンカーを建造したりしている。その日は日曜日であったが、所長の清水亮一さんが自らドックを案内してくださった。

構内には、山口誓子の句碑が建っている。「巨き船出でゆき蜃気楼となる」という句が刻まれており、昭和四十九（一九七四）年に建立されたものだ。ご承知のとおり七〇年代の中半以降は、いわゆるオイルショックで各産業が不振であえいだとき。とくに造船業界への影響は大きく、船舶需要は全盛期の三分の一に落ちこんだといわれる。

造船業界の危機は、わが誓子句碑の危機でもあった（！）。「蜃気楼となる」が縁起がよくないというので、あやうく撤去されそうになったというのである。このいきさつを話してくださった秘書嬢はにこやかに笑っておられたが、その美しい笑顔は、俳人のみなさん、句碑を建てるときには十分、その内容にご注意くださいよ、とおっしゃっているように思われた。

少年時代　わが家の前には川があり
そこには夕暮れには
舷灯を赤く灯した大型の
木造貨物船が停泊していました。

井川さんの「そして船は行く」は、このようにつづく。「貨物船」の一語が、私に三十数年前のできごとを思いださせた。貨物船に乗って、瀬戸内の福山から東京まで航海したことがあるからだ。昭和四十一年二月のことである。

記憶力の弱い私が、その年月をはっきり書くことができるのは、古い読書ノートに「井上靖著『孤猿』、昭和41年2月20日読了（武光丸船内）」と書きつけているからだ。当時私は一冊読み終わるたびに、読んだ場所を付記していた。たとえば前記『孤猿』のすぐ前には、「中村光夫著『風俗小説論』、41年2月17日読了（A団地）」と記しており、『孤猿』のすぐ後には、「吉行淳之介著『青い花』、41年2月23日読了（安芸車中）」と記している。A団地というのは、当時住んでいた社宅の呼称であり、安芸というのは、当時よく利用した急行列車の名称である。武光丸船内と記しているのは、武光丸という船のなかで読んだという意味にほかならない。

そのころ私は、広島県福山市の製鉄所で働いていた。

それは建設されたばかりの新しい製鉄所であった。いわゆる「いざなぎ景気」が始まったころのことである。

ある日、その製鉄所で生産された製品を、建造されたばかりの新貨物船で東京まで運ぼうという計画がもちあがった。そして私が製品の同道役を命じられた。その話が決まると、さっそく建造中の貨物船を確認しに造船所へ出かけた。造船所は福山市に隣接する尾道市にあった。行ってみると船体はすでに完成し、あとは若干の艤装工事をほどこすのみであった。そのできたての新造船が武光丸であった。

出航式は製鉄所の岸壁でおこなわれた。同所にとって、船による東京への出荷は初めてだったので、所の内外から大勢の人が見送りにきてくれた。船は順調に発進し、快適に海原を走った。初荷を積んだ初航海ということで、乗組員にも快い高揚感があるようにみえた。私は操舵室にあそびにいって望遠鏡をのぞいたり、一等航海士のKさんからレーダーの見方を教えてもらったりした。ひとりになると船室のベッドにころがり、本を読んだり、レポートの下書きをしたりした。

福山を離れた翌日、低気圧に見舞われ、船はしばらくローリング、ピッチングを繰りかえした。しけは四、五時間も続いただろうか。その影響でかなりの乗組員が頭痛を訴え、嘔吐をもよおした。そうしたなかで、船には素人の私が平気な顔をしていたので、「鉄鋼マンにしておくのは惜しい。船乗りにならないか」とKさんに言われた。そのとき、どんな返事をしたのか、いまはもう全然おぼえていない。

武光丸は翌々日の早朝、朝靄に覆われた東京湾に入った。初荷は無事に、晴海埠頭に荷揚げされた。私は『孤猿』を読了した。

そして船は行き……
ある大雪の夜
荒波の日本海で沈没してしまいました。

井川さんの詩の最終連ちかくに、こういう三行があらわれる。あの木造貨物船・筑前丸が沈んでしまったのだ。井川さんの家は船会社を営み、筑前丸はその持ち船であった。

武光丸に乗って東京へ行ってから七、八年経ったころ、会社の同僚が新聞を持ってきて言った。「これ、大串さんが乗ってった船じゃない？」。見ると、日本国籍船・武光丸がフィリピン沖で沈没したという記事が載っていた。海運会社の名前に照らしても、それがあの武光丸であることに間違いはなかった。

そして船は行く。

井川博年さんの胸中には、いまもあの貨物船の赤い灯が灯っているにちがいない。そして私の胸にも。

（「俳句朝日」二〇〇一年九月号）

## 井川博年の詩歌

米沢 慧

井川博年との関わりを思い出してみる。

たしか一九六四年、丸山辰美を介して出逢ったとき、すでに『見捨てたもの』を著していた詩人だった。いまでも諳じている「ぼくは幸福と不幸の数をかぞえる／昨日から降り続いて今日も雨の／渋谷・北谷町で」という離郷と失職中の機微をつたえたフレーズが気に入った。だが、その詩情とはちがって当の詩人の自負はなみなみならぬものだった。中央線阿佐ヶ谷駅うらの彼の小さな下宿間の一角は「詩集　見捨てたもの」「詩集　見捨てたもの」……がズラリ並び、なんとランボー詩集がブックエンドになっていた。詩人はそこにわたしを座らせ、リラダンについて一時間ほど饒舌に解説してみせた。

その後間もなくして彼は香港行きを決めた。結婚したばかりのわたしのアパートにやってきて「きっと役に立つとおもう」と形見分けのように金槌・のこぎりなど日用大工セットを押しつけた（たしかに役立った。いままでも「井川」と墨書きした金槌がある）。詩集はどうしたのか、と聞くと「売れないから、川に捨てた」といった（ドキッとして聞いたが「詩はやめた」というようには聞こえなかった）。翌日、横浜港に見送りにいくと、大桟橋には丸山、辻征夫、井原紀雄がいた。大きな貨客船だったが三等船室は船底、出航も深夜になるというのでテープや銅鑼の音も手を振ることもなく別れた。「帰レナイゾ。井川ハ」と丸山がいうと辻は「帰るよ。井川は」と急いで打ち消した。この二人はいまはいないのだ。

ここまでが第一期だとすると、第二期は井川の詩法の転位を身近なところでみてきた時期に相当するだろう。この間、同人誌「円陣」の時期を挟んでわたしは編集者として井川博年の二つの詩集、『花屋の花 鳥屋の鳥』、『胸の写真』を世に送り出している。詩集『花屋の花 鳥屋の鳥』帯封に付したわたしのメッセージは、

今日。夾竹桃の花の向うの夜空に、子供が上げる花火が開く。この世でいちばん美しいものは。――花屋の花。鳥屋の鳥。
日常の機微にふれて精美な〈言葉〉が定着する――葉篇詩集

当時、井川の詩の特徴を「葉篇詩」ということばにこめているのがわかる。

「円陣」という同人誌は井川博年・玉木明・米沢慧と三人で一九七七年から八〇年にかけて三号まで出した。わたしはタイトルは忘れたが小説を一篇、室生犀星論も書いたが、吉本隆明の〈二十五時間目〉という概念に触発されて処女出版『都市の貌』（冬樹社・一九七九年）をまとめ、三号の「身体としての〈住居〉」という家族論で社会批評に踏み込む契機（『〈住む〉という思想』一九八二年）となった。玉木明は小説集『死児生児』（白川書院・一九七五年）に続く重厚な家族小説の連作（蒲生田仲輔とその家族についての記録）を始めたが、「円陣」後はジャーナリズム批評という領域に独自な報道言語論を展開することになる（『言語としてのニュージャーナリズム』学藝書林・一九九二年）。そのなかで、詩人井川博年は迷うこと

なく小さいがたしかな詩歌を掌中にした。『胸の写真』の帯封にわたしは「自らの来歴を、漂泊する都市の現在にかさねながら、新たな方位と情景を描出する最新詩篇21」と記している。
　これ以降は井川博年の詩歌ファンとして読み継いできたようにおもう。

　ここからは批評家の手つきで少し井川博年の作品に触れよう。

死ぬ直前
ベッドの横で泣いている妻に
夫は笑顔でこういったという
なんとかなるさ
人生はきっとなんとかなるものさ………
そしてほんとうに
人生はなんとかなるものよ
と笑顔で
小さなバーのマダムはいった。

丸い高い椅子の上で飲んでいると
酔いは早くまわるのか
その時ぼくは急に
確実な地面が欲しくなり
足をのばし　靴の先で
床をそっとさわってみたのだ。
（「靴の先」）

　この詩篇からわたしは勝手に太宰治の像を描いた。銀座の飲み屋のとまり木に坐っている、よく知られた写真と一つに重なった。「これは詩人の芸当だろう」とおもった。あるいは次の作品。

電燈の明りのとどく狭い範囲に
妻と子供と三人ふとんを並べ
背を丸めてよりそって眠る。
なんのとりえもない自分にも
よりそって生きるものがある
生きねばならぬものがあると
自らにいいきかせ

窓の外
月光水のごとくに流れるを見る。
野原で眠るごとく
水底に沈むごとく
ひとはなぜ眠るのか
ひとはなぜ眠るのか
…………………
ひとは哀しき。

（「ひとは哀しき」）

わたしが「葉篇詩」と呼んだ井川博年の詩法と形式はこのようである。

こういう詩篇を読むと現代詩人の多くは、できたら井川の作品など触れないで（評価しないで）パスしたいと考えるにちがいない。手法や比喩も旧い、ダメダメ。「けれど、一篇一篇がさながらよくできた短編小説のように腑に落ちる。……そこがいいのだ」（清水哲男）というように、現代詩の文脈の端っこに定位してしまっている。

「腑に落ちる」とはいいえて妙である。〈定型〉をぶっ壊すという近代詩の文脈からは見えなかった詩歌の〈範型〉の一端をひらいている、あるいは思いがけずあぶりだされているからである。それがひょっとして戦後詩の裂け目や綻びを癒し繕ってみせたともいい得る。むろん、それは詩の芸とことばの遊びという短詩型スキルの自在性とその禁欲が大衆表現を十分に掬いあげたときである。近年の傑作詩集『そして、船は行く』もそのあたりを過不足なく備えている。その一つ二つをあげておく。

なんでもいいからというと
うどんでいいという。
せっかくの外出でデパートで食べるのだから
うなぎにでもしたらというと
うなぎでいいという。
うなぎを時間をかけて食べ終わると
ほんとうはおだんごが食べたかったという。

（「春色母子風景」部分）

青江三奈は哀し。いつ見ても同じ髪型。金粉や銀粉が

光る不思議な髪。寝る時ものどにガーゼを巻くという
そのこころがけも哀し。

藤圭子は哀し。盲目の母がいるという。さすらい流れた幼い日々があるという。川端康成がテレビで見て、会いたいというので鎌倉の川端邸で肩たたきをしたという。その話もまた哀し。藤圭子が好きだったという川端先生も哀し。

（「ゴシップ歌謡曲」部分）

かつて「渋谷・北谷町」を書いた詩人はこれらの芸当を重ねて、次のような望郷詩篇の〈範型〉を引き出したのである。

雲カ山カ呉カ越カ　人間至ル所青山アリ
葛西善蔵はいった「人間墳墓の地を忘れてはいけない」
忘れてはいませんいつだって
だがしかしだがしかし
最近私の考えることはただ一つ
その日も帰って考えた
――ボクハドコデ死ヌノダロウ
生マレタ所ガ故郷ナラバ
死ヌル所モ故郷ナノダ

（「貧窮問答」部分）

（2002.10.22）

# 井川博年の詩の魅力

八木幹夫

連嶺の夢想よ！汝が白雪を消さずあれ　伊東静雄

## はじめに

櫟や小楢の林を抜けて、地下水道が走っている通称「緑道」を左に折れ、足もとの暗い道を歩く。住宅街に入る。荊の鉄線が柵に張ってある所まで来て、ここはどこだろうと思った。街灯のない場所に迷いこんでしまった。普段、この近くを足早の夜の散歩で通り過ぎているはずなのだが、見慣れない場所だ。どこからか大型の機械のエンジンが低く響いている。その音は、次第に近づいてくるが、一台だけの機械から発せられるのではなく、それぞれが折り重なってかすかなハーモニーを奏でている。暗闇の角を曲がった途端だった。長大な生き物が静かに呼吸している！と思われる光景だった。連結車両には煌煌と灯りがともっている。数は八両編成で六列ほどで並んでいるだろうか。内部には本来乗せるべき人も運転手もいない。無人の車両がガランとした天蓋のない車両置場に寝息を立て何台も眠っているのだ。これらの車両は数時間前まで、都会の朝夕の喧騒の中を駆け抜けていたのだろう。時間に追われる人々を運んで発着や疾走を繰り返す。せわしない時間との闘い。有用なものがその機能を止めた時に見せる、ほんの一瞬の、不意の素顔。そこには不思議な空白があった。金属性の、息づくような音はここからやってきたのだ。歩く足を止めて暗い秘密の場所を覗き込む子供のように秋草の生い茂る柵のむこうの電車をしばらく見ていた。それからふたたび歩き始めた。すると「見捨てたもの」第一連の詩句が汗ばんだ体を爽やかな風のように包み込んだ。

見捨てたものよ　さようなら
四匹の犬を　四人の男を　四枚の新聞を
たった一つの死のこわさを
ぼくは見捨てた　歩きながら

## 第一章　詩人と生活者

「きみの不幸中の唯一の幸福は生活と詩が手をとりあっているということだ。しかも、それを美しく歌う能力をきみが持っているということだ。」無二の親友であった辻征夫がかつて井川博年の詩を評していった言葉だが、この「生活」と「詩」が手をとりあうようになるまでにいかに困難な道程をくぐってきたか、この文庫版に収められた数々の詩篇は物語ることになるだろう。彼が二十代の初めに出した詩集のタイトルは『見捨てたもの』。その後に書かれたほぼ四〇年間の彼の足跡を象徴する命名である。「四匹の犬」、「四人の男」、「四枚の新聞」さらには「死のこわさ」を見捨てたと井川はこの第一詩集で宣言するが、彼の表現活動とは、実は「見捨てたもの」の復権をはかる過程だったといえないだろうか。表現とはもう一つの人生を生き直すことだが、まさにタイムスリップするかのように生々しく過去の或る風景や会話が見えたり聞こえたりしてくる。（「古譚詩」「青い蚊帳」「綱渡り」）

彼は自らの生きた時代を語るには映画や流行歌（歌謡曲）が最も相応しいともいう。過去形あるいは過去完了の内容で書かれた作品群は新鮮な今日性をもって迫ってくる。「夜は美し」「石原裕次郎」「歌謡曲」「雨の降る品川駅の裏のバー」「ゴシップ歌謡曲」等の詩篇は、勿論時代の流れを反映もするが、一過性の感動とは異なり、現在という時間の中に潜在している忘れ難い過去を私たちの前に新たに呼び戻してくれる。

現代詩の一部がメタファーの幻惑に酔って、およそ日本語の文体、文脈とは思えない方向へと暴走し始めたのとは反対に、彼の作品には、生活に根ざした言葉や光景が時代の共通の陰画フィルムのように描き出される。都市生活者となり、些細な出来事を見逃すことなく焦点化し続けてきた作品は、一瞬の人生の断面を見事に切り取って見せる（「花の一日」「窓」「花屋の花　鳥屋の鳥」「人形」「胸の写真」）。これは恐らく時代の先端を走っていた同世代の詩人たちにはできなかった作業ではないだろうか。彼らが見捨てたものを拾い直し、井川自身の言葉でいえば、「情けない詩」を一貫して書こうとしてきた。情けない詩を書くとは、人々の生活から滲み出る呟きや嘆きを掬い取るという覚悟の作業なのだ。そこには紛らわしい修飾語や曖昧なメタファーの入る余地はない。人々のありふれた現実生活がそのまま詩の世界に移行していくかのような切り口。次の作品はその好例であろう。

靴の先

死ぬ直前
ベッドの横で泣いている妻に
夫は笑顔でこういったという
なんとかなるさ
人生はきっとなんとかなるものさ………
そしてほんとうに
人生はなんとかなるものよ
と笑顔で
小さなバーのマダムはいった。
丸い高い椅子の上で飲んでいると
酔いは早くまわるのか
その時ぼくは急に
確実な地面が欲しくなり
足をのばし　靴の先で
床をそっとさわってみたのだ。

短い詩だがこの作品の巧みな展開に気付かれただろうか。行変えによって場面が転換し、語る主体もまた移行するという仕掛け。バーのマダムが語った、人生の悲しいエピソードを聞いていたのはカウンターの止まり木に足をかけていた「ぼく」だったのだ。そのぼくの「靴の先」に必要になったものが「確実な地面」だという。かつて「死のこわさ」を見捨てたといった詩人が都会の片隅のバーのマダムの呟きに詩を発見する。ささやかだがとても説得力のある人生の真実をいい当てている。生活することとは、独善的に己のみの人生を凝視することではなく、他者が抱えている痛みにそっと寄りそうことでもあると詩人は伝えてくる。井川の詩は古くて新しいのだ。

「見捨てたものよ　さようなら」とその初期詩篇で彼は何度もいう。だが、詩人井川博年が置き去りにしてきたものは何一つない。最新の「春色母子風景」と二十六年前に書かれた「冬の湖」に出てくる母と息子の姿を読み比べてみるといい。そこには時間を越えて変わらぬ深い情愛と鋭い人間観察が見られ、少しも衰えを見せていない。

春色母子風景

なんでもいいからというと
うどんでいいという。
せっかくの外出でデパートで食べるのだから
うなぎにでもしたらというと
うなぎでいいという。
うなぎを時間をかけて食べ終わると
ほんとうはおだんごが食べたかったという。

そこで外へ出て甘い物屋で
おだんごを食べる　ここでは
九十歳の母は五十六歳の息子に
えんえんと話をする　それも
自分のことだけ。
自分の置かれた境遇についてのことだけ。
息子の仕事のことは聞かない
聞いてもわからないから。
息子の家庭のことも少し聞くだけ
聞いても忘れてしまうから
もうそんなに会えないのに
もうそんなに時間はないのに
どうして二人はいつも
つまらない話ばかりするのだろう——。

話終わると疲れて
バス停のベンチに座って居眠りをする。
それから老人ホームへ
ひとりでバスに乗って帰って行く。

ここに捉えられた世界は、ともすればセンチメンタルな母と子の感傷に過ぎないと切り捨てられてきた風景であろう。しかし捨て切れない視線がここには感じられる。導入部でいきなり親密な親子関係でしか交わし得ない会話体が始まる。読者はいっきに、会話の細部へと連れ込まれる。次の連で、「ここでは／九十歳の母は五十六歳の息子に……」（傍点筆者）という転調表現。作中の二人をやや距離をあけて見守る。これは対象に溺れ込まない処理の仕方だ。「……のことだけ。／……のことだけ。／……聞くだけ。」と無機的に繰り返し叙述される表現に読者は知らず知らず、二人の姿に吸い寄せられてしまう。一人称の主格「私」を作品中から省くことによって、井川はこの体験を個人的な世界に閉ざすことを避けたのだ。個別の体験ではあるが、普遍でもある風景に変化させる。作者はわずかだが作中の母と息子に距離を置いて語り続ける。「どうして二人はいつも／つまらない話ばかりするのだろう」このつまらない会話をすくいあげる冷静な眼差しにこそ作者の万感の思いはある。

変わったいい方を許してもらえるならば、彼は詩を詩的な修辞によって表現しようとする詩人ではない。むしろその文体は散文的であり、詩的感動を押し付ける要素は極力避けられている。詩人とはたしかに言葉によって詩を書く人のことをいうのだが、井川の詩には時折、詩が見えてこないことさえある。詩の現場に立ち会うためには、彼の散文的な世界へ身構えることなく入っていくことだ。すると、そこには驚くほど辛辣に対象を見る散文家の目と詩人のあたたかな眼差しが捉えた世界が渾然と、溶け合ってこちらの胸に迫ってくる。（辻征夫が「生活を美しく歌う能力」といったのはこのことだろう。）時には「三角セキ計算法」のような私小説とも報告書ともいえそうな散文を書き、これが詩なのだろうかと思わせるドライな文体もある。だが、数々の屈折をかかえこめるデコボコした文体こそ、生活者井川と詩人井川がせめぎあいつつ、永い年月の中で体得したものなのだ。七五年の「児を盗む」ではアメリカで起きた狂気の女性の行動に一瞬「生命のひらめき」を見、七八年に書かれた「鳩」や八七年の「ハマイバの鱒釣り」では、病む鳩や病む子供への熱い祈りと共感が見事に描かれている。掌編小説に似た深い味わいをこれらの散文詩は感じさせてくれる。

## 第三章　喪失の歌

### 花と新聞

そのことを知った時
彼女は一日中泣いてばかりいた。
両親や友人や医者や看護婦が
ひっきりなしにやってきてなぐさめても
一日中泣いてばかりいた。
あまり泣きすぎたので眼はただれ
ひらきっぱなしになった瞳孔から
涙がとめどもなくあふれた。
涙を受けると
枕もといっぱいに
置かれた花の匂いが強くなった。
次の日その次の日と
花の匂いはしだいに強まり
ついには廊下まで匂っていった。
――ある朝
枯れた花がとりかえられているのを知って
彼女はいった。
「新聞を見たい
　わたしが生れてから今日迄の全部の新聞を見たい」

（＊傍点筆者）

この作品は、事実の叙述であるかのように見える。死の現実に直面した或る女性が「泣いてばかりいた」という事実は、それ自体では読者に向かって何物も喚起しない。死や悲劇はどこにでもありうるし、起こりうるからだ。事実から読者の方へ別のメッセージが伝わってくるのは作者が次の行を挿入した時である。「涙を受けると～花の匂いが強くなった。」これは誰がどのような心理状態で「涙を受ける」ということなのだろう。作者は作中に死という言葉を書かない。「そのこと」とあるだけである。冒頭の五行で読者は「彼女」が病院のベッドで今や死を待つだけの状況にあることが知らされる。「次の日その次の日と／花の匂いはしだいに強まり／ついには廊下まで匂っていった。」果たしてそんなことがあるだろうか。涙によって花の匂いが変化するなんてことが。ここに作者の心理的虚構が挟まれる。病室全体に「彼女の涙」がもたらした或る心的変化を、作者は花の匂いの中に見つける。作者は病室に起こる小さな変化に冷静な眼をむけ続けるのだが、傍点部分においてのみ、心理的な傾斜を示す。これは事実を作品化していく方法意識を端的に示す箇所だ。作者のメッセージは次の「――ある朝」以下へ転調するとき、いっそうはっきりとする。「新聞を見たい／わたしが生れてから今日迄の全部の新聞を見たい」解釈を読者にゆだね、それ以上を語らない。彼女のいった言葉（場合によっては虚構であるかもしれないが）を配し、感懐を放棄する。作品としてのリアリティーと緊張が生まれるのはこの時なのだ。私が見ているのは、あくまで作品の構成のさせ方であって、作中の「彼女」への個人的な同情ではない。読者の心の中に生じてくる哀切が構成の技術（これをアートというべきだろう）によってはじめて成立するといいたいのだ。作者の思いと感情は言葉（言辞）としてはどこにも述べられていない。しかし表現の工夫（レトリック）によって死んで行く者に対する思いを示し得ているのである。作者の暖かい眼差しは最後の二行の言葉を置くことで確実に読者にも見えてくる。「花と新聞」というタイトルのつけ方もこの作品の潔さを表す。

### 村

父はその村を
日本一の村だといっていた。
その言葉を聞くたびに
ぼくはせせら笑った。

その村に行く途中に
大きな湖に面した入江に
遠い山の蔭が映る
美しい村があった。
おなじ住むならあの村がいい

とぼくがいうと
あんな不便な村には住めるものか
と父はせせら笑った。

父が死ぬと
死体を焼くにも
山を越えねばならなかった。
海に面した火葬場で
父はぼうぼうと焼かれた。
ぼくにとってその村は
日本一不便な村だった。

ぼくはもう村へ帰らない。

一九七〇年～八〇年といえば日本の高度経済成長期。「不便」を排し、日本列島縦断の新幹線構想が人々の口にのぼり、スピードと合理性が追求され、地価は高騰しはじめた時期だった。作者の「村」もまた地方に置き去りにされた村であろう。私たちは「村」を排除する時代の流れに荷担してきたことを否定することはできない。作者がこの作品で表現しているのは、そのネガティヴな「村」への反歌といえるだろう。第一連の言葉は躓きの石となりやすい。「父」の生活してきた「村」を「ぼく」が「せせら笑った。」というのである。父と子の世代間の価値観の相違については、今では想像し難いほどの激しい対立があった時代である。「あんな不便な村には住めるものか／と父はせせら笑った。」父と子が双方一歩も譲らぬこの光景は日本のいたるところにみられた。第三連はその「父」の死を伝えるが、作者は再び「ぼくにとってその村は／日本一不便な村だった。」と言い切る。これは愛すべき父や村を喪失した者の反語的表現といえないだろうか。しかもそれが作者の村のかかえていた偽らざる現実でもあった。最終連の一行は単に村を捨てたというのではない。愛すべき村は父とともに消えたと言外にいっているのだ。「父はぼうぼうと焼かれた」と表現した作者は父と村を拒否的に表現し通すことで、もう一度新しく「父」と「村」を甦らせている。終始作品上で否定的な形で描きながら、日本の社会の都市と村、便利さと不便さ、父と子等の二項対立を越えて浮かび上がってくるもの。「ぼくはもう村へ帰らない。」なんてあまりに格好がよすぎるじゃないか。そう私の中の天邪鬼がいう。しかし作者が作中の「ぼく」に決意させたこの一行は、読者である私たちもまた帰るべき村を失った世界にいることを知らせる言葉なのだ。読後には喪失の罪障感に似た感情が残る。あの犀星の詩「小景異情」の反語的なセンチメンタリズムの一節「帰る都にあるまじや」に通底するものだ。私は抑制されたセンチメンタリズムを否定しない。これら二篇の作品を通して見えてくるものは、私たちのこころの奥に隠されている喪失の感情である。情緒的言辞を排して表現されたこれらの詩をなんと呼ぶべきなのだろう。（この章は「抒情詩の行く方――喪失の歌」と題して「詩学」（一九九四年）に発表したものの抜粋。一部改稿。）

**終りに**

ぼくは飛んだ　笑いながら
季節の果実が実っている
あの明るい空の招待
そこにはなにもないけれど
ぼくには涙も出ないのだ

（中略）

みんなと別れて電車に乗り
みんなにあてた手紙を持って
ぼくはちょっぴり悲しくなる
昼は明るく　ぼくは好きだ

（「見捨てたもの」）

車両置場に並ぶ電車はまた数時間の休息をし、有用な機械としての意味を再び担って明日の早朝には都会へ出ていくだろう。ガランとした車内にはさまざまな人々が乗り込んでくるだろう。発車のベルは鳴り、加速し、時には急停車し、様々な人生を運ぶだろう。私は井川博年の詩集を読むという作業の中で、ずっと「見捨てたもの」という詩が心の中で歌われ続けるのを感じていた。「あの明るい空の招待!」彼はどんな時でも、「連嶺の夢想」の中でその白雪を忘れることのなかった詩人なのだ。「人並に」という作品のプロローグに使われた伊東静雄の詩は、彼の追い求め続けてきた悲願であり、「白雪」の純粋こそ井川が詩に求め、生活の中に探り続けたものなのだろう。

明日は彼もまた混み合う電車に乗り込んでいくだろう。あの闇の中に秘密のように息づいていた細く長い明るい箱に身を任せて。生きる勇気を与えてくれる数々の美しい詩篇がこの文庫版の詩集を通して広く読まれることを期待して拙文を終える。

しかし誰にも
小さな持病があるように
ぼくも身体の暗所に
秘密を隠し持っている。
ぼくはそれを
一生誰にもいわないだろう。

固く心に決めたある日から
ぼくにとって
人並に生きるとは
その秘密を守り通すことであった。
ゆらめく炎のように
はかなくもろい美のような
秘密を。

（「人並に」部分）

（2002.10.28）

現代詩文庫 170 井川博年

発行・二〇〇三年三月十日 初版第一刷
著者・井川博年
発行者・小田啓之
発行所・株式会社思潮社
〒162-0842 東京都新宿区市谷砂土原町三―十五
電話〇三(三二六七)八一五三(営業)八一四一(編集)八一四二(FAX) 振替〇〇一八〇―四―八一二一
印刷・株式会社厚徳社
製本・株式会社越後堂製本
ISBN4-7837-0943-2 C0392

# 現代詩文庫

第Ⅰ期　＊人名（明朝）は作品論／詩人論の筆者

(137) 続中村稔詩集　粕谷一希／平出隆他
(138) 八木忠栄詩集　富岡多恵子／清水哲男他
(139) 続佐々木幹郎詩集　谷川俊太郎／富岡多恵子他
(140) 城戸朱理詩集　前田英樹／松浦寿輝他
(141) 野村喜和夫詩集　渋沢孝輔／吉田文憲他
(142) 平林敏彦詩集　大岡信／辻井喬他
(143) 続渋沢孝輔詩集　安東次男／出口裕弘他
(144) 続那珂太郎詩集　高柳誠／阿部日奈子他
(145) 財部鳥子詩集　川村湊／新井豊美他
(146) 続長田弘詩集　鶴見俊輔／三木卓他
(147) 吉田加南子詩集　中村稔／岩成達也他
(148) 続清水哲男詩集　清岡卓行／大野新他
(149) 辻仁成詩集　今井義行／野村喜和夫
(150) 木坂涼詩集　清岡卓行／吉野弘他
(151) 田中清光詩集　中村稔／大岡信他
(152) 阿部弘一詩集　安藤元雄／平井照敏他
(153) 続続大岡信詩集　野沢啓／城戸朱理他
(154) 続続鮎川信夫詩集　瀬尾育生／磯田光一他
(155) 続辻征夫詩集　菅野昭正／中上哲夫他
(156) 福間健二詩集　瀬尾育生／鈴木志郎康他
(157) 守中高明詩集　小林康夫／絓秀実他
(158) 平田俊子詩集　吉増剛造／藤井貞和他
(159) 村上昭夫詩集　辻井喬／高橋昭八郎
(160) 広部英一詩集　荒川洋治／岡崎純他
(161) 白石公子詩集　佐々木幹郎／常盤新平他
(162) 鈴木漠詩集　塚本邦雄／清水哲男
(163) 高橋順子詩集　大岡信／池井昌樹他
(164) 池井昌樹詩集　天沢退二郎／粕谷栄市他
(165) 続続清岡卓行詩集　清水哲男／辻征夫他
(166) 倉橋健一詩集　坪内稔典／松原新一他
(167) 高貝弘也詩集　吉岡実／新井豊美他
(168) 御庄博実詩集　長谷川龍生／北川透他
(169) 続吉原幸子詩集　大岡信／多田智満子
(170) 井川博年詩集　川本三郎／八木幹夫他

(1) 田村隆一詩集
(2) 谷川雁詩集
(3) 岩田宏詩集
(4) 山本太郎詩集
(5) 清岡卓行詩集
(6) 黒田三郎詩集
(7) 黒田喜夫詩集
(8) 吉本隆明詩集
(9) 鮎川信夫詩集
(10) 飯島耕一詩集
(11) 天沢退二郎詩集
(12) 吉野弘詩集
(13) 長田弘詩集
(14) 吉岡実詩集
(15) 富岡多恵子詩集
(16) 那珂太郎詩集
(17) 安西均詩集
(18) 長谷川龍生詩集
(19) 高橋睦郎詩集
(20) 茨木のり子詩集
(21) 安水稔和詩集
(22) 鈴木志郎康詩集
(23) 生野幸吉詩集
(24) 大岡信詩集
(25) 関根弘詩集
(26) 石原吉郎詩集
(27) 谷川俊太郎詩集
(28) 白石かずこ詩集
(29) 掘川正美詩集
(30) 岡田隆彦詩集
(31) 入沢康夫詩集
(32) 片桐ユズル詩集
(33) 川崎洋詩集
(34) 金井直詩集
(35) 渡辺武信詩集
(36) 安東次男詩集
(37) 三好豊一郎詩集
(38) 中桐雅夫詩集
(39) 中江俊夫詩集
(40) 高野喜久雄詩集
(41) 吉増剛造詩集
(42) 渋沢孝輔詩集
(43) 高良留美子詩集
(44) 三木卓詩集
(45) 加藤郁乎詩集
(46) 石垣りん詩集
(47) 木原孝一詩集
(48) 北川透詩集
(49) 菅原克己詩集
(50) 多田智満子詩集
(51) 鷲巣繁男詩集
(52) 寺山修司詩集
(53) 木島始詩集
(54) 清水昶詩集
(55) 金井美恵子詩集
(56) 吉原幸子詩集
(57) 藤富保男詩集
(58) 岩成達也詩集
(59) 井上光晴詩集
(60) 会田綱雄詩集
(61) 北村太郎詩集
(62) 窪田般彌詩集
(63) 辻井喬詩集
(64) 新川和江詩集
(65) 吉行理恵詩集
(66) 中井英夫詩集
(67) 粕谷栄市詩集
(68) 清水哲男詩集
(69) 山本道子詩集
(70) 宗左近詩集
(71) 中村稔詩集
(72) 粒来哲蔵詩集
(73) 諏訪優詩集
(74) 続飯島耕一詩集
(75) 荒川洋治詩集
(76) 佐々木幹郎詩集
(77) 正津勉詩集
(78) 辻征夫詩集
(79) 安藤元雄詩集
(80) 藤井貞和詩集
(81) 大野新詩集
(82) 犬塚堯詩集
(83) 小長谷清実詩集
(84) 江森國友詩集
(85) 天野忠詩集
(86) 嶋岡晨詩集
(87) 阿部岩夫詩集
(88) 関口篤詩集
(89) 衣更着信詩集
(90) ねじめ正一詩集
(91) 菅谷規矩雄詩集
(92) 井坂洋子詩集
(93) 片岡文雄詩集
(94) 伊藤比呂美詩集
(95) 新藤凉子詩集
(96) 青木はるみ詩集
(97) 中村真一郎詩集
(98) 嵯峨信之詩集
(99) 稲川方人詩集
(100) 平出隆詩集
(101) 松浦寿輝詩集
(102) 朝吹亮二詩集
(103) 続荒川洋治詩集
(104) 続藤井貞和詩集
(105) 続寺山修司詩集
(106) 吉田文憲詩集
(107) 瀬尾育生詩集
(108) 続谷川俊太郎詩集
(109) 続続谷川俊太郎詩集
(110) 続田村隆一詩集
(111) 続続田村隆一詩集
(112) 続天沢退二郎詩集
(113) 続続天沢退二郎詩集
(114) 新井豊美詩集
(115) 続吉増剛造詩集
(116) 続続吉増剛造詩集
(117) 続鮎川信夫詩集
(118) 続北村太郎詩集
(119) 続吉野弘詩集
(120) 続石原吉郎詩集
(121) 続鈴木志郎康詩集
(122) 川田絢音詩集
(123) 続続吉野弘詩集
(124) 続北川透詩集
(125) 続白石かずこ詩集
(126) 続清岡卓行詩集
(127) 続宗左近詩集
(128) 牟礼慶子詩集
(129) 続吉岡実詩集
(130) 続辻井喬詩集
(131) 続大岡信詩集
(132) 続新川和江詩集
(133) 続川崎洋詩集
(134) 続清水昶詩集
(135) 続高橋睦郎詩集
(136) 続長谷川龍生詩集